바다로 날아간 나비

국립중앙도서관 출판시도서목록(CIP)

바다로 날아간 나비 / 김용주 지음.
― 서울 : 다빈치하우스, 2006
    P. ;   cm.

ISBN 89-91907-13-X 03810 : ₩10,000

813.6-KDC4
895.735-DDC21   CIP 2006002637

바다로 날아간 나비

김 용 주 지음

미디어숲

바다로 날아간 나비

초판 1쇄 인쇄 | 2007년 1월 4일
초판 1쇄 발행 | 2007년 1월 8일

지 은 이 | 김용주
펴 낸 이 | 김영선

펴 낸 곳 | (주)다빈치하우스(미디어숲)

등   록 | 제315-2005-00028호
주   소 | 서울 마포구 합정동 362-5 조현빌딩 2층 (우 121-884)
대표전화 | (02)323-7234
팩시밀리 | (02)323-0253
전자우편 | book@davincihouse.net
홈페이지 | www.davincihouse.net

값 10,000원
ISBN 89-91907-13-x 03810

    가을 어느 날 광양제철소 백운아트홀에서 막 공연을 마친 가수 김장훈을 만났다. 1시간 동안 진행된 인터뷰에서 그의 진솔한 모습을 바라보며 동질의 아픔에서 우러나는 감동을 느끼게 되었다.

    그는 현실의 삶을 고뇌하는 보헤미안이었다. 삶의 밑바닥까지 내려가 고통을 겪어본 사람만이 진정으로 웃을 수 있다. 그는 극단의 허무주의에 빠진 채 오래 방황함으로써 오히려 삶을 긍정적으로 바라보는 자신을 발견하였다고 한다.
    김장훈이 부른 '허니' 라는 애절한 노래를 들으면서 나의 책 '바다로 날아간 나비' 의 원고를 정리하였다. 오랫동안 'Sex, 사랑 그리고 죽음의 긴 이야기' 라는 제목으로 데일리안에 연재한 원고들이다.

    이 책에서 나는 불륜에 빠져들면서 괴로워하는 이웃들의 모습을 가감없이 그려 보았다. '불륜' 이라는 사회적 금기어를 다룸에 있어 조금 주춤하기도 했으나 과감하게 파고들었다. 말하기 힘든 나의 이야기가 실은 당신의 이야기일 수 있기 때문이다.

    불륜에 빠진 한 여자에 대한 이야기를 쓰면서 바다로 날아간 나비 한 마리를 떠올렸다. 착하고 외로운 나비가 온 힘을 다해 날개짓을 하여 다시 포근한 땅으로 돌아오기를 바라고 있다. 세찬 바람에도 굳세게 나비야 날아라 날아 올라라.

죽음 앞에서 선과 악의 의미는 사라진다. 윤리마저도 그 위력을 상실한다. 사랑과 불륜에 빠져 허우적거리며 고통 받을 때 죽음은 살며시 그림자를 드리운다. 죽음이라는 한계상황에 다다르면 애증의 드라마도 더 이상 관심의 대상이 아니다. 배우도 관객도 없는 무대가 무슨 소용이란 말인가.

죽음은 침묵이며 용서이다. 어떠한 사랑이건 용서할 수 없는 사랑은 없다. 이제 죽음을 바라보며 삶을 다시 생각한다. 사랑하고 사랑받는 치열함 속에서 주어지는 한 조각의 쾌락에 감사하며 끈질기게 살아가야 한다. 쉽게 삶을 포기할 수 없다. 쓰러지더라도 바로 그 땅을 짚고 일어나는 용기가 필요하다. 가시 돋힌 형벌의 면류관을 쓰고 우울한 삶의 깊은 수렁에서 허우적대는 사람들에게 따뜻한 손을 내밀어 본다.

2부 〈고독한 나비, 혼자 노래하다〉에 나오는 '와인'이라는 여자에 나는 깊이 빠져 있었다. 핏빛의 한에서 새어나오는 신비스러운 빛에 한동안 매료되었었다. 아직 나는 열리지 않은 블랙홀에서 방황한다. 아무리 채워도 채워지지 않은 자줏빛의 가슴이다.

와인의 쓸쓸한 모습은 가수 김장훈의 얼굴과 한치의 오차도 없이 겹쳐졌다. 신기한 일이다. 그는 스스로를 위무하며 신음소리처럼 내뱉는 거친 탁음을 사랑하며 살아간다. '허니'라는 이 노래를 혼신껏 부르기 위하여 자신의 신체 일부를 잃어도 좋단다. 가혹한 예술혼이다.

나 자신 글쓰기를 위하여 혼신의 노력을 다 하였는지 반문해 본다. 물론 나에게도 글을 써야만 하는 처절한 순간들이 있었다. 오랜 방황과 고통의 기간에 죽음의 유혹을 느낀 적도 있었다. 의사라는 사람들은 애절한 고통과는 거리가 멀 것으로 여겨지기도 하겠지만 누구나 사람은 외로운 존재 아닌가.

결국 예술은 감동이다. 글쓰기나 노래하는 것이나 또는 그림을 그리는 것도 마찬가지이다. 난 내가 바라본 세계에 대하여 나직이 이야기하고 있다. 현학적인 이야기가 아니라 그저 같이 살아있다는 가슴 찡한 감동을 전해주고 싶을 뿐이다.

감동은 솔직함과 자신의 고통을 승화시킨 순수한 의지에서 우러나온다. 그래서 이 책 〈바다로 날아간 나비〉에서 나는 사랑과 불륜과 죽음에 대하여 솔직해지려고 노력하였다. 죽음의 마지막 순간까지도 하루하루 알차게 살아가는 삶의 진정성을 말하고 싶었다.

부족한 나의 글을 따뜻한 마음으로 연재해준 〈데일리안 신문〉에 고마움을 전한다. 민병호 대표와 박종덕 광주 전남본부장을 비롯한 여러 기자들의 도움이 컸었다. 또한 나의 글을 책으로 펴내 준 〈미디어숲〉 김영선 사장과 이미현 편집장에게도 감사한 마음을 전한다.

Contents

1장
꿈꾸는 나비, 밤에 날다

처음엔 사랑의 시작인지도 모르는 채 빠져들어간다. 거역할 수 없는 감정이다. 그 도저한 감정의 결과가 어떻게 끝나게 될지 전혀 예측할 수 없으나 하늘로 날아 올라가 맛보는 희열은 달콤하고 상쾌하다. 먼 하늘을 가만히 응시한다. 이렇게 무거운 육신의 날개로는 저 하늘로 날아오를 수 없다.

마침내 바다로 바다로

지난 겨울, 우아한 나비로부터 한때 바다로 뛰어들었던 이야길 들었다. 이젠 먼 길을 돌아와 누이같이 고운 나비가 비상을 꿈꾸었던 그 시절 이야기를 시작해 본다.

겨울의 마지막 해가 서쪽 산 능선으로 내려앉는다. 타오르는 노을은 파란 하늘을 잡아당기며 어두워지는 하늘을 붉게 물들이고 있다. 마치 나그네에게 무거운 삶의 고통을 조용히 벗어놓으라는 듯…….

해거름 무렵의 어둠 같은 질곡의 삶 속에서도 사랑은 노을처럼 강하게 피어오른다. 붉은 장미꽃처럼 그리움을 못 이겨 검붉게 타들어 가기도 한다. 사람들은 황혼의 적막처럼 주체하기 힘든 외로움이 밀려들 때 따뜻한 위로를 갈망한다. 소나기같은 한줄기 사랑을 그리워하기도 한다. 어두움이 깊을수록 빛에 대한 갈망은 큰 법. 자그마한 빛이라도 좋다. 다시 한번 불꽃으로 타오르고 싶다는 건 불완전 연소의 삶에 대한 보상심리이리라.

어느덧 노을이 사라지고 어둠이 내린다. 거리의 추위를 견디며 집으로 돌아온 사람들의 마음에는 쓸쓸함이 더하고, 무엇으로든 자신의 외로움을 채워줄 수 있는 대상을 그리게 된다. 조용한 음악을 듣거나 명상으로 들어갈 수 있는 글을 찾아보거나 하다못해 TV나 인터넷에 열중한다.

그날도 그랬다. 저녁 식사 후 무심히 들어간 인터넷 사이트에서 만난 여성과의 대화는 나의 직업적 관심분야이기도 해서 꽤 진지한 이야길 나누게 되었다. 얼핏 들으면 단조로운 일상에서 즉흥적으로 벌어진 주부의 불륜 이야기가 되겠는데, 하지만 어디 인간사가 그리 가볍고 충동적이기만 한 것인가. 그 행동의 뿌리엔 가볍게 단정할 수 없는 한 개인의 역사가 흐르는 법. 먼저 그녀의 글을 짧게 인용한다.

우울하다. 우울은 내 전신에서 향처럼 모락모락 피어오른다. 무거운 가슴의 무덤들이 쪼개어지며 슬펐던 한 순간의 기억들이 되살아난다. 내 나이 서른 다섯 무렵이었다. 여러 가지 이유로 회사를 잠시 쉬고 있을 때 친구가 나를 불러냈다. 마냥 집에서 놀 수는 없어 친구가 소개한 회사에 나가기로 했는데, 출근 첫날 그 사무실에 바로 그가 있었다. 나보다 두 살 아래인 강대리는 머리카락 한 올 흐트러짐이 없이 깔끔한 외양이어서 나같은 아줌마 직원과는 전혀 어울리지 않아 보여 언제나 조심스럽기만 했다. 하지만 어딘지 모르게 그에게로 끌리는 마음은 어쩔 수 없었던지 출근하자마자 언제나 그의 자리로 눈이 가곤 하였다. 등교길에서 맘에 드는 남학생을 훔쳐보며 지레 얼굴 붉히는 여학생처럼 몇 달을 혼자 가슴앓이하던 어느 날 자연스럽게 사무실 식구들 회식 자리가 열렸다. 다들 술을 주거니받거니 적당한 취기에 젖어들었는데 뜬금없이 김과장이 얘기한다.

"강대리가 2주쯤 후에 D시로 전근가게 되었어요."

나는 아무런 미동도 않고 미소만 지었다. 그랬다. 그가 떠난다는 소리를 들으면서 마치 미리 알고 있었던 사람마냥 담담하게 앉아 있을 수 있었던 것은 어쩜 앞으로 벌어질 일들에 대한 두려움이 컸기에 내심 기다리고 있던 상황이었는지도 모르겠다. 이렇게 진실은 슬쩍 상황에 묻어가는 일에 익숙하다. 대개의 현실주의자들이 살아가는 방법.

잠시 후 김과장이 화장실을 가겠다며 자리에서 일어섰고 그 때 강대리가 말을 꺼냈다.

"…… 몰랐어요?"

"네? 뭘요?"

"내가…… 좋아하는 걸 몰랐나요?"

머리에 돌방망이 한 대가 날아온 느낌. 여태 살아오면서 애정표현을 들어보지 못한 것도 아니건만, 결혼한 이후 남편 외의 남자로부터 듣는 고백은 꽤나 충격이었다.

그날 저녁 내내 우린 내색 않고 술을 마셨지만 이미 나는 반쯤 정신이 나가있었다. 나 혼자만의 감정이라 여기고 가슴속에 감추어두었는데, 그 역시 나를 좋아하고 있었다는 것이 기쁘기도 하고 두렵기도 했다.

다음날 사무실 문을 열고 들어가는데 강대리가 있는 방향을 쳐다볼 수가 없었다. 허둥지둥 하루를 보내고 퇴근을 하려는데 그가 나에게로 왔다. "퇴근 후 어제 그곳에서 잠시 봐요." 거절하지 않았다. 아니 못했다.

둘만의 자리에서도 우린 아무런 말 없이 술만 들이켰다.

얼마의 시간이 흘렀을까. 그가 나직이 입을 열었다.

“아무래도 여기서 멈출 수는 없을 것 같습니다.”

대답 대신 그냥 눈물이 흘러내렸다. 그 순간 나는 알았다. 처음 그를 본 순간부터 이 시각까지 한순간도 마음에서 그를 놓치지 못하고 있었음을. 매일 아침 출근할 때 그를 만날 거라는 생각에 온몸이 짜릿하게 행복했었음을. 하지만 그날은 아무 말 못하고 헤어졌다.

그가 떠나기 며칠 전 마지막이라는 심정으로 나는 그와의 자리에 나갔다. 우린 또 말없이 술만 들이키며 우리에게 남겨진 아쉬운 시간을 함께 했다. 한참 후 그가 나를 일으켜 세웠고 우린 거리로 나와 무작정 걸었다. 여기서 마침점을 찍을 것인가, 아직 우리에게 남은 것이 있다면…….

그런 생각을 하고 있는 나에게 그가 손을 내밀었다. 모텔 앞이었다. 들어갈 것인가, 돌아갈 것인가 마음은 망설이는데 발이 앞서 나아갔다. 그래, 마음 가는 대로. 허망한 파도가 지나간 뒤 욕실로 가서 몸을 씻었다. 아무리 뜨거운 물을 틀어대도 가슴의 떨림이 멈추지 않았다. ‘이러지 말았어야 했는데 이러지 말았어야 했어.’

마치 망망대해에 빠진 기분. 영혼을 팔아먹은 메피스토펠레스처럼 나는 두려움에 젖어 기도했다. '주님, 제발 오늘 일만 묻어주신다면 죄를 범하지 않고 살아가겠습니다.'

그가 떠났다. 나는 한동안 힘들었다. 그의 빈자리가 이렇게 클 줄 몰랐기에 당황스러울 지경이었다. 가장 견디기 힘들었던 것은 남편을 바라보는 일이었다. 어느 순간 나에게 남편은 낯선 이방인이 되어 있었다. 내가 차려준 밥을 먹고 있는 그가 낯설었고 나란히 앉아 TV를 보고 웃고 있는 그가 손님 같았다. 더 견디기 힘든 것은, 남편과의 섹스에 항상 그가 나타나 마치 세 사람이 함께 하는 것 같았다. 소름끼쳤다. 그렇게 아주 오랫동안 나는 두 남자와 섹스를 하는 고통을 맛보아야 했다. 단 한번의 정사로 이렇게 몸과 마음이 무너져내릴 수 있는 것인지…….

1년이 흐르고, 또 2년이 흘렀다. 하지만 세월은 내 가슴에서 그의 자취를 지우지 못했다. 설거지를 하다 그리움에 울컥 눈물이 나고 길을 가다가도 가슴이 저려왔다. 언젠가는 그를 다시 한번

볼 수 있겠지. 그런 막연한 기다림으
로 보낸 시간이 3년. 드디어 그에게
서 연락이 왔다. 한번 만나고 싶다는
그의 한마디, 하지만 정작 나의 입에
서 나온 말은 이랬다.

　"우린, 이미 스쳐 지나간 인연이에
요. 이제 다시 만난들……."

　결혼 후 남편과 아이들만을 바라보

며 살아온 나에게 또 다른 설렘을 알
게 해준 사람. 하지만 그 이상의 고통을 안겨준 사람을 다시 만날
자신이 없었다.

　'그래, 됐어. 이 고통을 다시 시작하고 싶지 않아. 꽁꽁 묻어 버
릴 테야.'

　아직도 남아 있는 아픔 속에서 토해내는 한 여자의 고백,
일상에서 흔히 일어날 수 있는 불륜이지만 왠지 모르게 나

의 가슴을 아프게 하였다. 사랑은 노을처럼 붉게 타오르고 불륜이라는 회오리바람에 떠밀려 휘청거린다. 그녀의 방황에서 자아를 상실하고 헤메이는 우리들의 모습이 겹쳐진다. 바다 위를 정처 없이 날아가는 한 마리의 흰나비. 그 여자의 날갯짓에 나도 같이 날아가고 싶어진다. 우아한 나비의 날갯짓은 위태하지만 그만큼 매혹적이다.

하늘로 올라가고 싶다

자신도 이해할 수 없는 이끌림에 빠져 들어갔던 한순간의 감정이지만 여자는 그 사랑에 잠시 자신의 운명을 걸었었다. 현실의 윤리적인 속박도 사랑의 불꽃 앞에서는 소용이 없었다. 뜨거운 열정을 가슴에 품고 살아가는 여자에게 사랑은 윤리마저도 부정하며 강하게 피어 오른다.

사람이 외로울 때는 누군가를 간절히 원하게 된다. 그런 감정은 자신을 이해하고 감싸줄 수 있는 이성에게 안기고 싶다는 욕구를 불러일으킨다. 자신이 인식하지 못하는 깊은 무의식의 세계에서 은밀하게 성적 욕망을 느끼기도 한다. 이를테면, 머리카락 한 올 흐트러짐 없이 깔끔하고 콧날이 오뚝하게 선 자신만만하고 힘이 넘치는 남자 같은 시각적인 것에서 강한 성적 이미지를 느낀다. 스쳐 지나가듯 살짝 느껴지는 스킨 냄새는 상대방을 안아보고 싶다는 충동을 불러일으키게 마련이다.

여자들에게 '성적 욕망'은 '섹스'만을 지칭하는 것이 아니다. 여성들은 정신적 끌림이 섹스의 전제조건이 된다. 여자도 남자와 같은 성적 욕구를 가지고 있다. 다만 은밀하게 표현하고 있을 뿐이다.

여자가 성욕을 느낄 때는 다양한 양태를 보인다. 립스틱을 짙게 바르기도 하고, 옷차림새가 달라진다. 타오르는 불꽃은 신비스러울 정도로 아름답고 찬란하다. 그 아름다움에 취하여 불꽃의 결과가 어떻게 끝을 맺는가를 잊어버리게 된다. 불꽃은 언제나 시커먼 재를 남긴다.

불꽃은 천당과 지옥을 동시에 넘나든다. 소유하지 못한 사랑에 대한 아쉬움, 넘어서지 않아야 할 선을 넘은 것에 대한 죄의식이다. 불완전한 인간이기에 거부할 수 없는 순수한 모순이다. 죄악인 줄 알지만 그 불꽃에 빠져 들어갈 수밖에 없다. 아직도 가부장적 사회의 통념이 강한 이 사회에서 혼외정사를 시도하는 모습은 사회의 비난을 받을 것이다. 하지만, 누가 돌을 던지랴. 성문화가 성서 바벨의 시절처럼 혼란한 이 시대에……

우리가 소중하게 여기는 가족이라는 구성체, 그리고 사랑으로 묶어져 있는 배우자에 대하여 까닭 모를 낯섦이 느껴진다. 무한정한 탐욕과 사랑이라는 욕정은 우리를 한없이 방황하게 만든다. 만족할 수 없고 또 완전하게 채워지지도 않는다. 변화없이 반복되는 하루하루의 삶에서 우리는 늘 새로운 자극을 원한다.

분명 그녀에게는 아무런 변화 없는 무색의 삶이 권태스

러웠을 것이다. 가슴속에서 솟구치는 뜨거움, 그 내밀한 속
삭임 혹은 환상들 속에서 무엇인가를 잡아보려고 허우적거
렸을 것이다. 회색빛 권태를 벗어나기 위하여 그녀는 새로
운 사랑을 필요로 하였다. 이러한 시기에 새로 옮긴 직장에

서 만난 남자에게
관심을 갖게 되고
희미한 사랑을 느끼
고 억제할 수 없는
충동에 몸을 내맡긴
다. 비록 그것이 현
실에서 금기라 할지
라도 타오르는 원시성은 윤리보다 더 강렬하다.

　태양이 뜨겁게 내리비치는 운동장에 갑자기 한줄기 회오
리바람이 일어난다. 하늘로 빨리듯 흙먼지가 일어나고 종
이부스러기들도 덩달아 같이 올라간다. 모든 것을 삼켜버
릴 듯한 기세. 모래바람은 나를 향해서도 세차게 들이닥친

다. 하긴, 나라고 예외일 수 있겠는가. 평소의 냉철한 이성
이 마비된 듯 나 역시 몸을 가눌 수 없고 위로위로 떠밀려
올라간다.

　처음엔 사랑의 시작인지도 모르는 채 빠져들어간다. 거
역할 수 없는 감정이다. 만남, 연정, 불륜……. 이런 유혹에
나 역시 휩쓸려 갈 수 있다. 그 도저한 감정의 결과가 어떻
게 끝나게 될지 전혀 예측할 수 없으나, 하늘로 날아 올라
가 맛보는 희열은 달콤하고 상쾌하다. 그 희열은 오랫동안
자신이 갈망하던 뜨거운 본능이었다. 하지만 이내 육체는
땅바닥으로 내동댕이쳐진다. 자
연의 상태로 뒹구는 몸 위로 더러
운 흙먼지들이 하나 둘 내려와 쌓
인다. 먼 하늘을 가만히 응시한
다. 정처없이 떠다니는 흰 구름이
더없이 평화롭다. 차라리 먼 하늘
로 날아올라가 구름이 되어 버리

면 좋을 것을……. 이렇게 무거운 육신의 날개로는 저 하늘로 날아오를 수 없다.

이 세상엔 선과 악이 공존하면서 서로 갈등을 일으킨다. 우리 마음속에서도 사랑은 지성과 야성의 형태가 때로 갈등하고 협상한다. 그리하여 자신이 처한 사회적인 상황과 외부적인 자극, 상대에 따라 이 사랑의 모습도 여러 가지 형태로 표현되어진다.

아우슈비츠 유태인 수용소 안에서도 사랑은 존재했다. 죽음이 언제 닥칠지 모르는 한계적 상황에서도 남녀의 감성은 살아 움직였으니, 이래서 사랑은 죽음보다도 강하다고들 한다. 생의 마지막 순간까지도 인간들은 마지막 남은 한 개비의 담배를 필터까지 타들어가도록 피우는 골초들처럼 사랑을 놓치 못한다.

오늘 이 시각도 서울 강남의 나이트클럽은 성업 중이다. 웨이터가 테이블 사이를 누비고 다니면서 쉴 새 없이 남녀를 짝지어준다. 은밀한 공간에서 기혼자들 간의 은밀한 만남이 이루어진다.

뜨거운 바람은 갈증으로 바다의 습기를 빨아들인다. 뜨거움과 촉촉함이 어우러지고 그 광기는 갈수록 심해진다. 온 세상을 집어삼키려는 태풍은 바다 위와 땅 위를 다 뒤집어 엎어버릴 듯 미쳐 날뛴다. 그 무엇으로도 막을 수가 없다. 내부의 뜨거움은 밖으로 쏟아져 나가야만 한다.

안으로 또 안으로 뜨거움을 숨길 수는 없다. 태풍이 불어오는 것은 자연의 순리이다. 무의식의 영역에서 솟아오르는 본능의 요구에 순응하여야 한다. 열정이라는 감정에 실려서 우리네 몸은 가벼워지고 무겁게 자신을 누르고 있는 생의 껍질을 찢고 나비처럼 하늘 위로 날아올라 간다. 우아한 나비가 되어 허공으로 날아들어 간다.

불꽃을 찾아 뛰어드는 우아한 나비들이다. 찬란한 불꽃 속으로 몸을 던져 버린다. 현실의 구속, 괴로움은 사라지고 침묵 속에 육체의 언어만이 모든 것을 대신한다. 그곳에서 문화적 포장은 필요가 없다. 다만 암컷과 수컷이 되어 본능에 충실할 뿐이다.

불꽃에 온 몸을 불사르고 덧없이 사라져간다. 애절함이나 아쉬움도 없이 돌아선다. 우아한 나비의 날개짓은 어느 누구도 제어할 수 없다.

하늘과 바다 사이에서

여자가 바람을 피울 때는 통제하기 힘든 원초적 본능을 만족시키기 위해서이다. 때론 초승달처럼 맺혀 있는 정한을 지워버리기 위하여 위험한 사랑을 감행한다.

불빛을 향해 뛰어드는 부나비처럼 아무 두려움 없이 사랑에 빠져 들어간다. 한 줄기의 강열한 빛으로 아픔을 위로받고 초라한 잿빛 삶의 가랑이를 활짝 열어 슬픔을 밖으로 흘려보낸다. 자신을 불태우고 죽음으로 들어간다 하더라도 사랑하고 있다는 것은 내가 살아있다는 존재의 확인이다.

한 남자를 만나 남편에게서 알지 못했던 따뜻한 사랑을

느꼈다. 분명 유부녀와 유부남 사이에 일어난 감정이다. 그러나 뜨거운 가슴을 지닌 인간이기에 충분히 사랑할 수 있고 서로 빠져 들 수 있는 것이다. 불륜에 빠져 들어간 그녀를 바라보면서 '삶의 가랑이'란 의미를 다시 새겨 본다.

여자의 숙명 같기도 한 존재론적인 결핍, 나비의 바보스러움, 금지된 벽을 넘어 보려는 소망……. 여자에게 사랑이란 생을 배팅하는 혼신의 노력, 삶의 절규라는 생각이 든다. 암으로 시한부 인생을 살았던 에디트 피아프가 시커먼 죽음을 바라보며 정열적으로 노래하는 공연장면이 떠오른다. 마지막까지 그녀는 살아있는 기쁨을 뜨겁게 노래하고 있다.

우울한 삶에서 피어오르는 사랑, 그것은 비록 불륜이라고 할지라도 아름다운 구원이다. 뜨거운 사랑은 무거운 가슴의 무덤들을 쪼개어 낸다. 먹구름 같은 우울을 걷어내고 사랑은 피어오른다. 사랑은 한 마리 나비가 되어 가슴에 맺힌 한을 가득 담고서 멀리멀리 날아간다.

자신을 삼켜버리는 절망 앞에서 삶의 가랑이를 활짝 열어 나비들을 띄워 보낸다. 나비야, 날아 올라가 이 가슴에 맺힌 물꼬를 활짝 틔워 주렴. 저 넓은 바다를 외롭지 않게 날아가도록 가만히 노래 부른다. 나비야 힘차게 날갯짓 하렴. 높이 날아올라라.

각기 가정을 가진 유부남과 유부녀가 이렇게 만났다. 처음엔 친구처럼 가볍게 만나 대화를 나누고 헤어졌다. 조그마한 모닥불 온기에서 두 사람은 따스한 사랑을 느낀다. 조그마한 불꽃은 점점 뜨겁게 타오르고 그 뜨거움은 회오리바람처럼 세차게 불어간다. 금지된 벽을 넘어 불어간다.

사막의 식물이 아침에 내리는 이슬을 빨아들이듯 서로의 영혼을 빨아들인다. 육체적 결합이 없는 정신적인 사랑이기에 그들은 순결한 사랑을 하고 있다고 자위한다. 그들의 사랑을 부정하는 세상을 비웃고 있다. 육체적 관계가 없었기에 불륜이 아니라고 주장할 수는 있다. 소리없이 타오르는 불꽃들이 더 찬란한 것처럼 애절한 사랑이다. 하지만 비겁한 사랑이다. 그녀는 외간남자에게 온 마음을 다 줘 버리고 가정으로 태연하게 돌아온다. 가정은 잠시 쉬는 휴식처이다.

나날이 예뻐진다는 남자 친구의 말에 항상 마음이 설렌다. 직장 내에서 몰래 바라만 보는 것으로도 짜릿한 행복감을 느낀다. 비오는 쓸쓸한 날이나 마음이 울적할 땐 술 한 잔씩 나누고 정담도 나눈다. 때로 노래방에도 간다. 블루스를 추면서 옷깃 너머 짜릿한 육체적 황홀감을 맛보기도 한다. 이렇듯 정서적으로만 친밀한 관계에 대하여 우리 사회는 관대하다.

그러나 이성간의 우정으로 포장된 여러 감정도 사실은 불륜이다. 결국은 이성에 대한 성적 관심이기 때문이다. 두 사람만의 비밀이 쌓여가고 육체적으로 간격을 유지하더라도 불륜이라는 형식의 사랑이다. 여성은 섹스 그 자체보다 감성의 흐름, 행복감에 더 큰 가치를 둔다.

불륜, 새로운 사랑

성이 자유화되면서 불륜이 일상
화되어 가고 있다. 단조로운 일상에
서 불륜은 강렬한 호기심을 안겨준
다. 이를 소재로 한 TV드라마가 인
기를 끌고 있는 이유이다. 이런 드
라마가 인기를 끄는 것은 불륜이 주

는 달콤함을 용인하는 사회적 분위기가 만연한 탓이다.

농경사회에서 지식사회로 진행되면서 여성의 사회활동
이 늘어나고 있다. 소득 2만 달러 시대로 접어든 우리 사회
의 자연스런 변화이다. 각 가정마다 컴퓨터를 가지게 되면
서 인터넷을 사용하는 여성들이 늘었고, 이를 통해 여성들
이 다른 남성을 만날 기회가 잦아졌다. 물질이 풍요로운 사

회에서 채울 수 없는 정신적 공허는 동굴처럼 휑하니 가슴 속에 만들어진다. 텅 빈 가슴을 채워주는 강렬한 자극을 원하기에 불륜은 황홀한 의식으로 동경되기도 한다. 가부장적 사회에서 가해지는 윤리적 속박에 저항하는 원심력 역시 이런 황홀함의 도를 더해준다.

섹스야말로 보통 사람들이 쉽게 얻을 수 있는 황홀경의 수단이다. 외로운 존재에 대한 위로이다. 단조로운 일상에서는 누구나 일탈에 대한 가벼운 호기심이 일어난다. 달콤한 애무, 언어의 유혹이다. 찬란한 빛은 나를 유혹하고 환상 속에 핀 사랑은 알뜰하게 가꾸어진다.

뜨거워진 피가 끓어 오르기만 하고 밖으로 흐르지 않는다면 미쳐버릴 것이다. 그렇지 않다면 나의 존재는 이대로 가라앉아 삶의 밑바닥으로 사라져 버리리라. 금지된 사랑에 빠져 들어감은 사랑이 메말라가는 현대사회에서 정서적으로 만족감을 느끼려는 마지막 몸부림이 아닐까?

에로스와 죽음의 본능은 강하다. 에로스는 강렬한 광채를 내며 타오르고 나는 한 마리 뱀이 되어간다. 설레임 속에 환상을 현실로 끄집어 올린다. 달콤한 유혹이다. 그 유혹에 빠져 들어가 따먹는 선악과는 달콤하다. 이렇게 한 번 두 번 밀회는 이루어지고 사람들은 누구나 자신의 일생을 건 사랑이라고 자기최면을 건다. 평화로운 넋을 흔들어 놓는 치명적인 사랑이다. 자신이 만들어 놓은 환상에 스스로 속아 넘어간다. 그럼에도 불구하고 삶의 밑바닥에서 올라오는 갈증은 쉽게 사라지지 않는다. 무언가 허전하다. 왜 우리는 갈망하는 사랑을 가슴에 품고도 만족하지 못하는 것일까?

쾌락은 시각적인 것, 촉각적인 것, 행위적인 것, 정신적인 것 등이 전체적으로 조화를 이루는 충만감이다. 이러한 충만감은 뇌를 통해 느끼게 된다. 중뇌에는 A10이라는 쾌감 신경계가 있어 식욕, 성욕, 자율신경의 중심이 되는 본능의 중추부를 지나 대뇌의 전두엽에 도달한다. 그러므로 쾌감은 거의 모든 심리과정인 지식, 정서, 의식의 전 분야에 통하고 있다. 시각적, 촉각적으로 성적인 자극이 오면 뇌에서 뇌하수체 호르몬이 분비되어 성적 흥분을 일으킨다. 그리고 전신의 분비선이 활발하게 활동해 침, 눈물, 위액, 땀, 점액 등이 크게 늘어난다.

섹스에서 오르가즘에 도달하면 혈압이 상승한다. 호흡이 얕아지기도 하고 깊어지기도 하는 등 불규칙한 반응이 나타나며 입안은 마르게 되고 땀이 많아진다. 몸이 땀으로 '흠뻑 젖다' 라는 뜻의 그리스어 'orgo'에서 'orgasm'이란 말이 나왔다. 그래서 동양에서는 섹스의 기쁨을 '운우의 정(雲雨之情)'이라고 표현하고 있다.

오르가즘의 신체적 표현을 관찰할 때 쾌·불쾌·고민·황홀·공포·환희·비애 등의 감정 중에서 어느 하나로 뚜렷하게 분류하기에는 어려움이 있다. 몸을 떨고 호흡이 빨라지고 눈썹을 찌푸리는 등의 오르가즘의 모습은 확실히 쾌락하고는 상반된 고통의 모습이다. 간혹 호흡이 중단되는 긴급한 상태도 잠시 생길 수 있으며, 더 심한 경우는 의식이 찰나적으로 없어지기도 한다. 이래서 일찍이 히포크라테스는 오르가즘을 '작은 죽음'이라고 불렀다. 차가운 이성에서 벗어나 본능의 흐름에 충실할 때 오르가즘에 들어 갈 수 있다. 섹스에서 얻는 작은 죽음은 차가운 이성으로 무장한 자아가 죽어야만 들어갈 수 있는 신의 축제이다.

오르가즘을 통해 나비는 잠시 육체를 벗어나 신의 부름에 따라간다. 오르가즘은 여성의 영혼을 신의 섭리에 복종시키기 위하여 주어지는 황홀감이다. 그 황홀감에 이성은 마비되고 새로운 생명을 잉태한다. 여성들이 거부하기 어려운 황홀한 작은 죽음이다.

한순간 불꽃으로 타오르다

나비들은 꽃 사이를 날아다니며 달콤한 꿀들을 빨아 먹

는다. 나비가 우아하게 날아다니는 목적은 꿀들을 먹기 위함이다. 그리고 꽃가루를 옮겨주어 꽃이 열매를 맺게 도와준다. 우리들의 뇌에도 나비들이 우아하게 날아다니고 있다. 이 우아한 나비들은 쾌락이라는 꿀들을 열심히 빨아 마시고 있다.

사랑, 섹스, 쾌락, 오르가즘……. 모두 나비들이 찾아다니는 꿀들이다. 쾌락을 안겨주는 섹스는 결국 뇌에서 날아다니는 나비들이 느끼고 움직이고 있다. 촉각, 시각, 후각, 정신적인 느낌까지 모두 종합적으로 판단하여 뇌가 섹스를 하고 오르가즘을 느끼고 황홀한 작은 죽음으로 들어간다.

뇌에는 심부대뇌변연계라는 호두 크기 만한 부위가 있는데, 이곳은 정서의 중추 역할을 하는 영역으로 사랑이나 성적충동을 유지하는 데 관여한다. 본능적인 중추로 용광로처럼 항상 뜨겁게 불타오르고 있다. 여성생식기, 남성생식기는 단순한 도구에 불과할 뿐이다.

사랑이라는 감정이나 행복감도 쾌락의 다른 모습이다.
영혼을 가진 인간이 살아남기 위하여 진화된 감정이 쾌락
이다. 조물주는 영혼이 피로하지 않게 쾌락을 인간의 뇌에
심어놓았다. 쾌락을 얻기 위한 강렬한 욕구가 숨 쉬고 있
다. 사랑을 하면 뇌 속에서는 아드레날린의 분비가 늘고 도
파민이 증가한다. 이렇게 해서 우리들은 사랑의 행복감에
도취된다. 쾌락은 사람이 살아가는 중요한 이유가 된다. 즐
거움이 없는 삶이란 괴로운 것이다. 성에서 주어지는 쾌락
은 중요하다. 성에 우리가 빠져드는 이유는 종족보존이라
는 것도 있지만 쾌락을 얻기 위한 내부적 충동이기도 하다.

이러한 쾌락이 오직 성에 의하여만 주어지는 것은 아니
다. 과학적 진리를 탐구하여 느끼는 커다란 성취감, 예술작
업을 통하여 아름다움을 볼 때 느끼는 즐거움이 그것이다.
환희 속에서 창조적 활동을 왕성하게 하는 원동력이다. 마
찬가지로 사랑하는 사람들과 함께 있을 때 쾌감을 느끼게
되는데, 그것이 부부애, 자식사랑이다. 가족은 함께 있고 싶

어하고 사랑을 나누고 싶어한다.

우리가 삶에 애착을 느끼지 않는다면 고통스러운 문제가 생길 때마다 삶을 포기해 버릴 위험도 다분히 안고 있다. 즐거움이 없는 삶은 고통스러운 것이다. 삶의 의미도 없어진다. 그러나 우리는 살아간다. 쾌락이 있기 때문에 필요한 것을 행하고 어떠한 수고라도 견뎌 낸다.

성냥불에 피어오르는 불꽃을 바라보며 삶의 외로움을 잊어간다. 사랑의 불꽃은 활짝 피어오르지만 오래 가지 못하

고 사라져간다. 안타깝다. 마치 망망대해에 나를 빠뜨려놓고 그가 탄 배가 떠나는 것을 지켜보는 것 같은 그런 기분이다. 어둠 속에서 또 다른 파트너를 찾아 다시 성냥불을 피워 올린다.

하루하루 삶에서 치열한 생존경쟁을 벌이며 우리는 피곤해 하고 있다. 회색의 콘크리트 정글에서 이리저리 내몰리고 있다. 왜 살아가야 하는지 존재의 의미도 상실한 채 불확실한 미래를 향하여 우리는 앞으로만 쫓기듯 밀려가고 있다.

아침 일찍 출근하고 늦게 귀가하는 일상에 길들여져 있다. 현대 남성들의 바쁜 삶 속에서 원초적인 성의 욕구는 피곤에 지칠 수밖에 없다. 한편 아내들은 갇힌 가정생활에서 억제되어진 자신의 욕구를 분출시키고 싶어하며, 외로움과 인생의 허무에서 나름대로의 탈출구를 찾아 방황하고 있다.

밤마다 섹스파트너를 찾아 헤매는 딱한 모습도 보인다. 삶의 추위를 이기기 위하여 하나씩 성냥불을 피워 올리는 것이다. 짜릿한 만남은 오래지 않아 끝이 나고 또다시 성냥불을 피워 올린다. 마약과 같은 중독성이다. 그러다가 점점 추위에 꽁꽁 얼어붙어 죽음을 맞이하게 된다.

성냥팔이 소녀의 슬픈 동화를 우리 모두 잘 알고 있다. 절제할 수 없는 방탕한 혼외섹스는 육체를 서서히 파괴시키는 암적 존재이다. 알코올중독과 같은 섹스중독에서 빠져 나와야 한다. 강인한 자아정체성이 요구된다.

바람이 지나간 자리

사랑은 아픔이다. 껍질을 벗어가듯 조금씩 마음을 내어주니 아플 수밖에 없다. 삶이 치열해지고 영혼이 지쳐 갈수록 꿈은 환하게 다가온다. 그 꿈이 불륜이라는 악몽일지라도 아무런 문제가 되지 않는다. 나비의 우아한 날갯짓으로 작은 꿈이 날아와 내 품에 안긴다.

희열에 떠는 순간 가슴에서 뭔가 울컥 하는 고통 하나가 올라와 내 목을 옥죄는 것 같다. 그 꿈이 불륜이라는 것을 차가운 이성이 알아차린 것이다. 부드럽게 불어오는 바람이 갑자기 회오리바람으로 변한다. 나비는 나무에 찰싹 붙어 움츠리지만 회오리바람에 덧없이 날려간다. 땅으로 떨어진 나비는 날개를 접은 채 웅크리고 앉아 있다.

가혹한 운명의 형벌이었다. 꽃을 사랑한 죄였을까? 허락받지 못한 사랑, 불륜이었다. 세상의 모든 죄악이 자신의 잘못인 양 마음 아파하며 괴로워한다. 무거운 창살처럼 어둠이 내린다. 나비는 추위에 떨며 나뭇잎 밑에 웅크리고 있다.

인간이 동물과 다른 점은 죄의식이 있다는 것이다. 죄의식은 영혼이 살아있음이며, 뇌의 전두엽에서 인지한다. 원숭이와 달리 인간은 이마 부위에 있는 뇌의 전두엽이 발달되어 있다. 전두엽이 발달되지 않은 원숭이는 죄의식이 없고 당연히 성적 본능을 억제하지 못한다.

우리는 어린 시절부터 하지 말아야 할 것과 그것을 어겼을 경우 죄값을 치러야 한다는 것을 교육받는다. 그런데 유교적 가치관으로 순결을 중시하는 사회에서 금지하는 불륜은 은밀한 기쁨과 함께 죄의식을 동반한다. 불륜을 저지르고 섹스가 안겨주는 황홀함 뒤에 찾아오는 참담함이다. 하지만, 사랑은 괴로워하려고 하는 것은 아니지 않는가?

성적 죄의식

어릴 때부터 성이 죄악이라고 성에 대해 부정적으로 교육을 받은 아이들은 자라서도 성적 죄의식으로 고통을 받을 수 있다. 이러한 성적 죄 의식은 성에 관해 부정적인

부모님들이나 선생님들에게 받은 성교육에서 뿌리 내리고 있다. 순결을 강조하는 신앙적인 영향도 무시할 수 없다.

성클리닉 센터나 정신과에 상담하러 오는 사람들의 대부분이 어린 시절의 체험에 의해 건전한 성에 대한 부정적인 선입견을 가지고 있다. 어른이 되어서도 성적 죄의식에서 벗어나지 못하고 있는 것이다. 성에 대한 관념이 성에 대한 태도와 행동을 결정한다.

남녀가 서로를 존중하면서 함께 나누는 체험이 풍부할 때 사람들은 행복하다고 한다. 성에서의 쾌락은 남녀가 같이 만드는 즐거움이다. 현대에 와서는 성적인 즐거움이 행복의 가장 큰 요건이 될 정도이다. 성인이 되어서도 성의 어두운 죄의식 때문에 사랑의 꽃이 활짝 피어나지 못하는 것은 불행한 일이다. 성적인 장애를 지닌 사람들 대부분은 자신이 열등한 존재라고 생각한다. 성에 대한 지나친 죄의식은 결국 성의 유혹에 무너지는 자기 자신을 학대하기도 한다.

이러한 죄의식을 극복하기 위해서는 성에 대해 새로운 믿음을 확립하는 것이 좋다. 이성에게 사랑을 느끼고 쾌락을 위한 성을 나누는 것이 결코 죄악이 아니라는 것을 스스로 깨우쳐야 한다. 무의식의 세계에 각인된 죄의식에 적극적으로 도전하는 자세를 가져야 한다.

생명, 사랑, 쾌락은 함께 조화를 이루어야 성생활이 밝아지고 건강해진다. 이 세 가지 요소에 대하여 조화로운 생각을 가지고 아이들의 성교육이 이루어져야 한다. 생명에 대한 내용이 주를 이루겠지만 부모는 은연중에라도 사랑과 쾌락에 대해서도 뭔가를 느낄 수 있도록 노력해야 한다.

뜨거운 애정도 실은 우리가 배워야 할 본능이다. 차가운 겨울바람을 견디고 뜨거운 여름 햇살 속에서 사랑의 꽃이 피어나는 것을 보라. 꽃은 피고 또 지면서 생명의 열매를 맺어간다. 선과 악이, 고통과 기쁨이, 무차별 쏟아지는 정을 빨아먹으며 사랑은 커져만 간다.

낯선 이방인

불륜의 긴 굴뚝에서 나의 발가벗은 몸은 연탄재처럼 더럽혀져 간다. 단 한 번의 섹스에서 환상처럼 쾌락을 느꼈을 뿐 사랑에 대한 목마름은 채워지지 않았다. 한순간 피워 올린 사랑은 강렬한 불꽃으로 지나가고 은은한 체취는 가슴에 새겨져 있다.

사랑의 불꽃이 꺼진 후에는 자신을 기다리는 차가운 현실이 기다리고 있다. 가정을 가진 남편, 아내로서의 역할에 충실하여야 한다. 밥을 먹고 TV를 보며 아무 일도 없었던 듯이 그녀는 웃는다. 그러나 왠지 어색하다. 나는 외부적으로 변한 것 없이 완벽한데 세상이 변화되어 나를 또렷이 응시하고 있는 것 같다.

남편을 바라보며 무의식 깊숙이 또아리를 틀고 있는 죄의식에 스스로 아픔을 느낀다. 밖으로 태연하지만 영혼을 찌르는 아픔으로 고통 받는다. 사회적으로 금지하는 불륜을 저지른 두려움에 휩싸여간다. 아픔은 피할 수 없고 그대로 순순히 몸으로 파고든다.

금지된 사랑이 떠나버린 빈자리를 남편에 대한 낯설음으로 가득 채운다. 자신의 죄의식을 지워버리기 위하여 남편마저 타인 같은 낯설음이 느껴진다. 유리장벽이 세워진다. 나만의 세계에서 나는 분해되고 또 다른 자아를 찾아간다. 같이 밥 먹고 식사하고 사랑할 때도 남편은 유리창 벽 저쪽의 낯선 이방인이 되어간다. 결혼생활의 따사로움도 어느덧 사라진 허위의 관계, 그들을 묶고 있는 것은 오직 윤리적인 구속일 뿐이라고 느낀다. 가부장적 사회에서 자신의 욕망은 억제되었고 나 자신의 정체성도 없어졌다.

일부일처제 사회에서 흔히 자신의 배우자와는 왜 사랑이 식는 것일까? 뇌 과학자들은 사랑에 빠져 황홀감을 느낄 때 페닐에틸아민(phenyl ethylamine)이라는 호르몬이 분비된다고 한다. 이 호르몬의 지속성은 아무리 길어도 불과 2~3년밖에 되지 않는다.

생물학적 사랑이 오래가지 못하듯 고통도 오래가지 않는다. 이것도 조물주의 깊은 배려인가? 사랑이든 고통이든 강렬한 자극에 오랫동안 머무르지 않게 한다. 물이 흐르지 않으면 썩어가듯 건강을 해치지 않게 하기 위한 조치이다. 이 같은 외부자극에 대한 생체 방어기능이 의외로 많다는 것에 모쪼록 감사할 일이다.

겨울이 가고 봄이 오듯 우리의 사랑도 흐르는 흰 구름처럼 스스로 변화하여 간다. 어느 순간 선악과를 따먹고 괴로워하며 자아를 찾아 하나씩 하나씩 퍼즐을 맞춰간다. 하루의 시간은 선과 악의 갈등으로 이어지며 절망과 고통으로 얼룩져 있다.

과거는 영혼의 상처로 덩그러니 남아 있다. 그 아픔은 나 자신을 찾아가는 이정표들이다. 결혼에서 사랑이 분리되고 강한 자아를 감추며 살아가야 한다. 아무 일도 없었던 것처럼 태연하게 웃고 떠들고, 사랑과 미움이 교차하며 그렇게 하루가 또 지나간다.

긴 굴뚝 속의 구원

선악과를 따먹은 벌로 잃어버린 에덴 동산은 우리가 찾아 헤매는 사랑 속에 남아 있다. 사랑을 하고 섹스를 하고 희열에 떨지만 기쁨은 영원하지 않다. 사랑은 사막의 신기루처럼 어른거리기만 한다. 그래도 우리는 사랑을 찾으러 또 다시 앞으로 나아가는 것이다. 말간 사랑이건, 지탄을 받는 불륜이건 힘겨운 사투이다. 이렇듯 사랑을 찾아가는 방법을 규정한 윤리도 시대에 따라 스스로 변화하고 있다. 언제나 삶은 선과 악 사이에서 갈등하고 있다. 선과 악을 일탈하는 삶은 혼란스럽기만 하다.

‘주님, 제발 오늘 일만 묻어주신다면 앞으로 착하게 살겠습니다. 제발…….’ 밤마다 빌어본다. 하나님에게 자신의 죄를 애절하게 고백하고 있다. 이렇게 죄책감을 느끼면서 왜 금지된 사랑에 빠지게 되는가? 불륜이라도 떳떳하여야 한다. 아니라면 차라리 자신의 삶에 오롯이 충실한 것이 좋을 것이다. 불륜은 가볍게 호기심으로 빠져드는 것이 아니다. 자신의 존재에 대한 차가운 확신이 요구된다. 하루하루의 삶은 사랑의 결핍으로 찌들어져 있다. 도대체 우리의 사랑은 어디에 있고, 어디서 구원을 받고 위로를 받아야 하는지 그 방법을 자신이 결정하여야 한다.

바다로 길게 뻗은 선착장을 따라 차가운 바람 속으로 걸어 들어간다. 사랑은 다 타버리고 검은 갯벌의 고깃배처럼 비스듬히 누워 있다. 바닷물이 완전히 빠져나가 조금도 움직일 수가 없다. 붉은 노을은 하늘을 완전히 태우고 어둠이 쇠창살처럼 내린다. 우리는 쇠창살에 갇혀간다. 절망이다.

뜨거운 사랑의 긴 굴뚝에서 방황하고 있다. 불륜으로 죽음과도 같은 고통을 느낀다. 채워지지 않는 뜨거운 생명과 영혼을 안고 있기 때문이다. 한손 가득 채워도 스르르 빠져나가는 마른 모래 같은 무미건조한 삶, 끝이 보이지 않는 긴 굴뚝에서 구원을 갈구한다.

시간은 흘러가고 어두운 쇠창살 사이로 바람이 불어온

다. 바닷물도 다시 밀려들어와서 이제 갯벌에 누워 있던 고 깃배들도 조금씩 움직인다. 다시 흘러갈 수 있다. 바람은 절망한 우리를 따뜻하게 위로한다. 나 자신을 희미하게 찾아간다. 뜨겁게 살아있음의 확인이다.

바람이 불지 않는다면, 바닷물이 다시 밀려오지 않는다면 우리의 구원은 없다. 용서도 없다. 불어오는 바람 속에서 보이지 않는 사랑이 느껴진다. 아무것도 바라지 않는 순수한 사랑이다. 불륜에 빠져 들어간 자신을 용서하여야 한다. 용서는 커다란 사랑이다.

선과 악을 넘어서

아담과 이브는 뱀의 유혹에 넘어가 선악과를 따먹었다. 만약 하나님이 정말로 분노하였다면 자신의 피조물인 아담과 이브를 없애 버렸을 수도 있었으리라. 그러나 오늘 우리들은 존재하고 있다.

인간이 선악과를 따먹어야 하는 것은 어쩌면 하나님의 숨겨진 깊은 사랑의 섭리였는지도 모른다. 그러므로 하나님이 그들을 에덴 동산에서 추방시켰다기보다는 인간 스스로 에덴의 동산에서 나갔다고 보아야 한다.

금지된 선악과를 따먹고 에덴 동산에서 쫓겨나가기를 선택한 아담과 이브의 원죄 때문에 우리는 언제까지 어두운 죄의식으로 고통 받아야 하는가? 금지된 선악과를 따먹은 것은 결국 인간의 어쩔 수 없는 숙명이라고 느껴진다. 선악과는 우리의 몸 속에 있고 언제나 자신을 유혹하고 있다. 차가운 이성으로도 절제가 안 되고 필연적으로 선악과를 따 먹을 수밖에 없다. 성적 흥분으로 섹스가 이루어지고, 이어지는 생명의 잉태와 출산은 하나님의 커다란 뜻이다.

성적 충동을 일으키는 대뇌변연계는 뇌 속에서 뜨겁게 타오르고 있다. 황홀한 작은 죽음에 이르는 오르가슴이라

는 환희는 뱀처럼 우리를 섹스로 유혹한다. 성적 흥분 앞
에서 우리의 이성적 절제는 무력하기만 하다. 선악과의 댓
가는 성숙을 위하여 거쳐야만 하는 껍질을 깨는 아픔인 것
이다.

결국 시대의 변화를 따르는 의식구조가 바뀌어야 한다.
선악과를 따먹은 인간에 대하여 악을 저질렀다는 깊은 죄
의식에서 벗어나게 해야 한다. 잘못된 가치관에서 비롯된
죄의식은 자신을 학대하고 삶을 피폐하게 한다. 자신을 파
괴하는 죄의식은 더 큰 죄악이다. 죄 보다는 살아있는 생명
이 더 소중하기 때문이다.

불륜으로 영혼을 옥죄는 아픔을 느낀다면 새로운 삶을
살아가는 깨달음이 필요하다. 누구에게도 억압받지 않을
강한 자아정체성이다. 죄로 더럽혀진 자신을 용서하고 사
랑해야 한다. 먹구름 속에서 하얀 달이 빠져 나오듯 다시는
고통 받지 않아야 한다.

하지만 신이 아닌 연약한 인간들은 또 다시 불륜에 빠져간다.

흰 구름

순간적인 만남 속에서 사랑이 시작되었다. 만남은 이별을 잉태하였고 결정의 날은 빨리 찾아왔다. 사랑을 가슴속에 묻어두고 언제 다시 만나자는 이별의 말을 내던진다. 먼 허공을 바라보는 두 눈동자는 촉촉이 젖어 간다. 자신의 마음속에 꽁꽁 담아둘 수밖에 없는 사랑에 대한 가여운 응시였다.

파격적인 만남을 조물주가 허락하지 않았지만 다 타버린 사랑의 흔적은 내 가슴에 남아 있다. 세월이 흘러도 몸속에는 불꽃의 뜨거움이 식지 않고 있었다. 영혼을 찌르는 아픔으로 고통도 받았다. 우리가 뜨겁게 피워 올린 불꽃들은 흰 구름이 되어 지금도 흐르고 있을까?

떨리는 마음으로 잔에 와인을 붓고 그 칙칙한 핏빛을 바라본다. 시큼하고 떫떠름한 미감이 목구멍을 타고 넘어간다. 마시고 또 마신다. 마음의 공허는 쉽게 채워지지 않고 아득한 그리움이 일어난다. 순백의 하얀 그리움이다.

나의 차가운 이성은 더 이상 그곳을 향하면 안 된다고 말하지만 가끔 이 좁은 일상에서 벗어나 그를 향해 걷고 싶어지는 날들이 있다. 살다보면 언젠가 한번은 보겠지……. 타버린 사랑은 저 먼 곳에 흰 구름으로 남아 내가 살아가는 이유인양 손짓을 한다.

하늘을 바라본다. 유유히 흘러가는 흰 구름이 한없이 부럽다. 순백의 순수이다. 하지만 우리 삶은 고통과 죄악으로 어지럽혀지고 본능의 유혹에 따라 흘러갈 수밖에 없다. 더 이상 순백의 순수가 아니다.

하지만 흰 구름도 우리처럼 고통 받고 분노하고 눈물을 흘린다. 억누를 수 없는 아픔으로 먹구름으로 변하고 천둥을 내리치고 폭우를 쏟아낸다. 구름은 안으로 아픔들을 삭이며 고요히 흘러가고 있을 뿐이다. 흰 구름은 이별의 슬픔이 긴 세월 속에서 하얗게 퇴색해 버린 아름다움이다.

땅과 하늘이 만나고 산과 구름이 서로 만난다. 들판을 가로지르는 산등성이 위로 흰 구름은 내려 앉아 있다. 그러나 앞으로 나아가면 갈수록 만남은 또 다시 멀어져 간다. 산과 구름의 만남이 영원할 수 없듯 우리의 만남도 마찬가지였다. 산을 넘고 넘어도 무지개를 잡을 수 없었던 소년의 절망이다.

그래도 흘러가야 한다. 흰 구름은 바람이 떠미는 대로 흘러가며 아무 것도 모르는 천진스러운 어린아이처럼 웃는다. 웃음 속에 아픔을 속으로 삭이며 침묵하여야 한다. 사랑도 흘러가고 모든 것이 영원히 소유될 수 없다. 무상이다. 차라리 흰 구름과 함께 우리 삶이 흘러갈 수 있다는 게 구원이라 여겨진다.

한줄기의 바람, 한조각의 흰 구름은 우리에게 큰 위로이다. 그래 우리의 뜨거운 사랑은 바람 속에 숨어있는 회오리바람이었어! 나의 가난한 작은 창으로 불어오는 바람은 흘러가 버린 과거를 포근하게 받아들인다. 한줄기 사랑이 느껴진다. 하얀 웃음이 하늘에 번진다.

스쳐 지나간 인연

사랑은 설렘과 아픔을 동반한다. 설레었던 만큼 아프고 아픈 만큼 사랑은 더 또렷하다. 나에게 던져 준 아픔들이 용서가 될 수 없을 때 사랑은 자신에게서 떠난다. 뜨거운 사랑 속에 우리는 오래 머무르지 못한다. 이글거리던 태양도 차가운 가을 앞에 고요히 머리를 숙이고 있다.

차가운 바람이 거칠게 타오르는 사랑을 진정시킨다. 이제는 바람처럼 떠나가야 한다. 이별을 두려워하지 않고 스스로 받아들인다. Respiro라는 곡명의 노래를 떨리는 마음으로 들었다. 오래 전부터 듣고 싶었던 노래이다. 영원히 소유하지 못할 사랑에 대한 애절함이 흐른다.

시커먼 어둠 속을 홀로 일어나 걸어 나간다. 세상의 추악함을 받아들이기 힘들어하는 결벽증은 자신을 학대하고 있다. 무의식에서 솟아오르는 죄의식이다. 하루도 선악과의 원죄에서 벗어나 살 수는 없다. 금지된 사랑으로 들어가는 것 역시 신이 아닌 인간이기 때문이다.

인간으로 존재하기 때문에 느끼는 존재론적인 결핍을 어떻게 하든 떨쳐 버릴 수는 없다. 가슴에 패인 그 큰 공허한 동굴을 무엇으로도 채울 수 없다. 채워지지 않는 바람소리이다. 그 바람소리에 잠 못이루고 괴로워하였다.

이젠 쉬어야겠다. 동굴 속에서 진정한 안식을 찾아 평안한 잠을 자야 한다. 바람은 괴로워하면서도 앞으로 불어가야 한다. 한줄기 바람이 되고 휘몰아치는 회오리바람이 되어 떠나가야 한다. 귀에 어른거리는 바람소리는 자장가이다.

바람처럼 떠나고 싶은 자 멀리 떠나고, 잠들고 싶은 자 평온한 잠에 빠져 들어간다. 언젠가 그 먼 시간을 뛰어넘어 스쳐 지나가는 바람처럼 불어와 텅 빈 거리에서 만나야 한다. 와인을 한잔 마셨으면 좋겠다.

이렇게 살아있음은 축복이다. 서로 애틋해함은 구원이다. 각자의 고독이 그만큼 깊어서 아름다운 만남이 있었다.

그건 신의 축복이다. 방황하며 시들어 가는 영혼을 위한 한 줄기 사랑이다. 그 사랑이 던져준 고통들을 후회하지 않는다. 그 사랑이 있었기에 눈물도 흘리지 않는다.

어두움 저 편에서 새어나오는 그의 목소리에 나직이 답한다. 이제 다시 만나자는 그런 말 하지 말아요. 우리는 슬픔 같은 것에 젖어 있지 않기로 해요. 남겨진 삶은 행복하게 살아가요. 같이 웃었다. 그리고 전화를 끊었다. 미안해하지 마세요, 언제까지나……

하얀 망각

은밀하게 빠져 들어간 불륜을 가슴 속에 묻어 두고 남은 세월 내내 아픔을 견디며 살아간다. 술에 취하면 가끔 지나가 버린 사랑의 추억들을 털어내며 회한에 젖기도 한다. 가슴에 묻어만 놓기에는 너무 아픔이 크기 때문이다.

한국사회에서 가정주부가 타인에게 성적 체험을 말하는

것은 어렵다. 가부장적 사회에서 불륜은 치명적인 흠이 될 수 있다. 자식들을 온전하게 키워야 하는 결혼생활의 의무가 남아 있기 때문이다.

순식간에 타오르는 사랑에 빠져 들어가고 욕망에 탐닉한다. 잠깐의 사랑은 가버렸지만 마음 한구석에 남은 죄의식은 두고두고 자신을 괴롭힌다. 한번 다친 마음은 여간해서 잘 아물지 않는다. 손에 잡히지 않는 마음의 상처는 점점 더 심해져간다.

세월의 흐름 속에 잊혀져가길 바라지만 그 상처는 영혼을 상하게 한다. 처음에는 영혼의 상처가 얼마나 무서운 줄 모르다가 점점 빠져 나올 수 없는 수렁으로 깊이 빠지면서 그 심각성을 알게 된다. 영혼의 상처는 그때그때 스스로 치유하는 힘과 슬기를 지녀야 한다.

넘어진 바로 그 땅에서 두 손으로 짚고 일어나는 게 인생살이의 지혜이다. 고름으로 꽉 찬 상처 부위를 칼로 도려내듯, 아픔을 안겨주는 사랑은 모진 결심으로 잊어 버려야 한다. 한때 사랑에 빠지는 것은 죄악이 아니다. 단지 그 사랑의 그림자에 헛되이 오래 머무르는 것, 그것이 죄악이다.

사랑할 때 사랑하고, 이별할 때 이별해야 한다. 더 큰 사랑을 기약하며 미련없이 떠나가야 한다. 이렇게 해서 지난 사랑은 고스란히 잊혀져 간다. 하얀 망각의 아름다움이다. 그 사랑의 아픔을 고이 묻고, 아무 일도 없었던 듯 깨끗한 얼굴과 밝은 미소로 살아간다.

순결은 결코 육체적인 문제만은 아니다. 희생이 있는 사랑이 더 가치있고 아름답다. 나를 옥죄이고 있었던 아픔이 사라져 간

빈자리에 작은 풀잎이 향기를 품어내는 이치를 알 일이다.

침묵에 부어지는 사랑

도로 옆 가로수 주위에 조그마한 꽃들이 소복이 피어난다. 이름 모를 들꽃들을 가여운 눈초리로 바라본다. 노란색, 보라색 작은 꽃들이 아름답다. 사라져 가는 들풀들도 서로 사랑을 하고 꽃을 피워 올린다. 살아있다는 생명의 환희이다.

테라스에 어두움이 내리고 바람에 흔들리는 촛불, 그라스에 부어진 와인의 영롱한 빛은 고요한 침묵 속에서 빛난다. 토스티의 애절한 노래가 흐르면 하느님이 피워 올린 가여운 영혼에 은총을 내려주시라고 기도 드린다.

하늘에서 내리는 은총처럼 자줏빛 아픔들이 들꽃으로 함초롬이 피어오른다. 길가의 작은 풀들도 사랑하고 행복에 겨워하는데 외로운 영혼도 들꽃처럼 행복하여라. 아픔 밑으로 흐르는 한 조각의 깨달음은 내가 지금 살아 숨쉬고 있는 것 자체가 곧 사랑이라는 것이다.

존재하기 때문에 괴로움을 겪고 방황한다. 이 모든 것이 신의 사랑이었다. 다만 내가 모르고 있었을 뿐이다. 그 사랑은 먹구름 속에서 새어 나오는 밝은 달빛이다. 시커먼 고독, 죽음과도 같은 고통 속에서 한 줄기 사랑이 흘러나온다. 그 사랑은 신앙과도 같은 구원이다.

뜨거운 사랑에 오래 머무를 수 없는 것처럼 고통도 영원할 수 없는 것이다. 그 오랜 기간을 꽁꽁 묻어 버려야 한다. 텅 비워버린 가슴속에 보름달빛 같은 벅찬 감동이 채워진다. 달빛 같은 신의 사랑은 나를 자애롭게 어루만져 주고 있었다. 사랑은 용서이다.

여인은 말한다. '나를 용서하세요' 라고……. 어두운 성에서 걸어 나와 어머니로서 아내로서 사랑의 빛을 아낌없이 흘러내린다. 아픔을 견뎌내고 더 그윽한 사랑을 한다. 영원한 침묵에 부합하는 사랑이다.

뜨겁게 사랑하다가 침묵으로 돌아간다. 침묵은 누구라도 용서하고 편안히 쉬게 한다. 침묵 속에서 모든 것들이 하나로 돌아간다. 사랑도 미움도 없다. 선과 악도 없다. 한줄기 따뜻함이 느껴진다. 침묵에서 피어오르는 사랑의 노랫소리에 조용히 눈물 흘린다.

경이로운 변신

여름은 차가운 겨울을 잉태하고 있다. 벅찬 기쁨 속에서 비극은 소리 없이 시작하고 또한 죽음과 같은 절망 속에도 희망은 하나 둘 피어나고 있다. 밖은 어둡고 죽음 같은 적막만이 흐르고 있다. 침묵에 부어지는 사랑은 덧없이 사라져 간다. 아무것도 잡을 수 없다.

몸 한가운데 놓여 있는 원시적 본능으로 도망쳐 들어간다. 어떠한 시끄러움도 차단이 된 어머니의 자궁 같은 평안함이다. 따뜻한 위로가 그리워진다. 단 한순간만이라도 사랑을 넘치도록 마시고 싶다. 뜨거운 본능에 나를 맡겨 버린다. 그 황홀함은 나비가 되어 핏속을 따라 날아다니고 있다. 그러나 불꽃이 사라져간 그 긴 굴뚝의 끝에는 아무것도 남아 있지 않다. 눈 앞에서 아른거리는 나비를 보는 것은 영혼에 상처를 남기는 쓰린 아픔이다. 사랑의 갈증은 더 강해지고 육체는 점점 더 죽음으로 가까이 가고 있다.

절망에 오래 머무를 수 없다. 먼 훗날 잃어버린 사랑이 저편 산등성이 위로 밝은 보름달이 되어 두둥실 떠오른다. 침묵 속에서 쏟아지는 달빛이 하얀 나비가 되어 날아온다. 바다에 부은 한 잔의 와인이 하얀 나비가 되어 내려앉는가 보다. 하얀 달빛이 날개를 펴며 감싸 안는다. 달빛은 평안한 안식을 비단 이불처럼 깔아 놓는다. 이제는 시커먼 외투를 벗어버리고 편안히 쉬어야 한다.

하얀 날개가 피어오른다. 달빛을 따라 흰나비가 되어

우아하게 날아간다. 아픔을 이기고 번데기에서 화려한 나비로의 변신을 바라보면서 신의 사랑에 감탄한다. 우아하게 날아가는 나비를 바라보는 놀라움은 신비이다. 그동안 나에게 가해진 고통은 경이로운 변신을 위한 신의 사랑이었다.

사랑이라는 한 조각의 화음

오랜동안 불륜에 빠진 한 여자에 대하여 고뇌하였다. 너른 바다 위를 날아가는 흰나비를 바라보는 안타까움이다. 우리 모두 그 달콤한 유혹에서 벗어나기는 힘들다. 유혹이 많은 세상에서 어떻게 살아가야 할까? 고통과 번민 속에서 새로운 깨달음이 가슴에 와 닿는다.

물질이 아무리 풍족해도, 또 불륜으로 세상이 혼탁해져가도 자기 희생이 있는 사랑이 더욱 소중하다는 것이다. 남편이나 아내 그리고 자식들을 위하여 바쳐지는 사랑의 위대함

이 절실하게 느껴진다. 우리의 삶이 면면이 이어져 가는 데
는 말없이 헌신하는 수많은 사람들의 사랑이 있기 때문이다.

보이지 않는 세계에 대한 우리들의 헌신은 덧없이 사라
지지 않는다. 하나 둘 바쳐진 사랑들은 어느덧 커다란 형체
로 모여진다. 그들은 바람처럼 구름처럼 살아 움직이고 있
다. 주고 받고 또 전달되어 대대로 물려진다. 소박하지만
영원하다.

태어나고 살아가고 또 차례차례 죽음으로 들어간다. 죽
음 속으로 덧없이 사라져 갈지라도 우리가 남기고 간 사랑
이라는 한 조각의 화음은 영원 속에서 빛난다. 삶과 죽음
사이에서 우리가 노래하는 사랑이라는 화음은 인생을 더욱
빛나게 한다.

초가을의 밝은 햇살이 들판에 가득하다. 아직 가시지 않
은 아침의 청량함은 온 몸을 상쾌하게 한다. 얼굴을 가볍게

애무하는 바람은 추수를 기다리는 들판으로 스며들어간다. 철길 옆에 한적한 간이역인 평화역 나무 밑에 어느 노부부가 아침 햇살을 받으며 서로 다정스럽게 이야기를 나누고 있다.

발 아래에 아무렇게나 묶은 조그마한 보따리가 놓여 있다. 잠시 후 기차가 정차한다. 노부부는 서로 부축하며 황급히 올라타고 기차는 다시 떠난다. 유일한 손님이었던 노부부가 떠나고 다시 평화역이 쓸쓸함으로 가득 찬다. 까닭 모를 슬픔을 자아낸다. 한적한 간이역에서의 떠남이다.

노부부가 기차를 타고 떠나는 모습에서 사랑과 죽음의 아름다움이 어렴풋이 느껴진다. 밝은 햇살은 슬픔을 녹여 내고 벅차오르는 감동으로 채워 놓는다. 텅 비고 한적한 평화역에 사랑이 가득 차 온다. 사랑은 죽음을 이겨내고 영원히 남는다. 축복처럼 쏟아지는 햇살 속에 노부부의 사랑이 느껴진다.

세월은 흐르고 겨울이 찾아오는 것처럼 죽음의 기차는 우리를 태우러 온다. 어느 이름 모를 간이역에서 죽음의 기차를 탈 때 나도 노부부처럼 사랑을 가득 채우고 떠날 수 있을까? 권력, 명예라는 두터운 옷들을 훌훌 다 벗어버리고 그저 살아 숨 쉴 수 있는 곳으로 떠나고 싶다.

마지막 생을 마치는 그 순간, 한 사람을 위해 내 사랑을 바칠 수 있어 행복하게 떠날 수만 있다면…….

고독한 나비, 혼자 노래하다

에로스와 죽음은 같이 묶여 있다.
신비스러운 조화다. 꽃이 피고 지는
것과 같이 죽음도 우주 신진대사의
자연스런 과정이다. 죽음을 통하여
영원으로 들어가고, 에로스는 새로
운 생명을 거듭 탄생시킨다.

와인이라는 이름의 여인

날마다 진료실이라는 좁은 공간에서 겨울나무처럼 살아
간다. 바람을 통하여 세상이야기를 듣는다. 나이가 들어간
다는 초조함에서 컴퓨터에 들어가 보았다. 미지의 세계에
대한 호기심이 나를 강하게 빨아 당긴다. 와인이라는 아이
디를 가진 여자와 채팅을 시작한 지 1년이 넘어간다.

그녀는 3번의 자살미수 병력을 가진 복잡한 우울증환자

70

이다. 와인에서 품어져 나오는 핏빛 한의 신비스러움은 나의 영혼을 자극하였다. 마음속 깊은 상처를 갖고 있다. 만지면 아프지만 그 애절함의 마력은 어떻게 뿌리칠 수가 없다. 와인은 가슴 깊이 간직한 상처들을 내 보여주지 않는다. 속으로 곪아 터져 우울은 깊어만 간다. 그것은 또 다른 시작이었다. 무엇이 그녀를 우울에서 죽음으로 강하게 유혹하고 있는 것인지 도무지 알 수가 없다.

그녀는 바다 건너 살고 있다. 나와 그녀 사이를 가로막고 있는 먼 공간적 격리가 현실 삶을 지키는 안전판처럼 보인다. 쉽게 넘어올 수 없는 금지된 벽이 세워져 있다. 와인이 비행기를 타고 오더라도 25시간이 걸리는 곳이다. 혹 채팅으로 둘 사이에 뜨거운 감정이 흐르더라도 내가 살고 있는 현실세계로 스며나오지 않을 것이라는 안도감이다.

만날 수 없으리라는 익명성은 우리가 나누는 이야기들을 더욱 더 진실하게 말할 용기를 주었다. 서로 모르는 사람들

의 주고받는 이야기들은 넓은 바다에 부어지는 한 잔의 포
도주처럼 자극적이다. 덧없이 사라져 가지만 잔잔한 감동
은 서로 따뜻하게 위로한다.

　흐르는 마음은 바람처럼 잡을 수 없다. 아쉬움은 언제나
남는다. 난 멈출 수 없고 내가 알 수 없는 미지의 세계로 바
람처럼 흘러간다. 신비롭고 더 깊은 곳으로 빠져 들어간다.
그녀의 핏빛 날개를 타고 삶과 죽음 사이에서 더 넓고 광활
한 곳으로 날아간다.
　'조금만 아주 잠시만 이대로 두세요. 다시 추슬러 볼게
요' 라는 눈물 어린 메일 이후 와인에게서 아무 소식이 없
다. 그녀는 언제나 죽음을 동경하였다. 10년 이상 우울증으
로 고통 받고 있다. 그녀가 가고자 하는 곳으로 일찍 떠나
버렸을까? 깊이를 모르는 아쉬움과 걱정에 빠진다. 그녀와
대화를 나누면서 나의 부족함을 갈 수록 크게 느꼈다. 처음
의 자신만만함도 사라져 갔다. 나는 그녀의 삶을 변화시킬

만한 고귀한 영혼을 소유하고 있지도 않다.

핏빛의 한

와인의 핏빛 외로움은 영혼의 탄식이었다.

아픔을 강요하시는군요?

즐기기엔 아픔이 너무 깊어요.

벗어나고 싶어 심한 몸부림을 해보지만

결국은 제자리인 것을 알아요.

호흡도 누군가 대신해주고 있는 듯한 느낌, 혹시 아시

나요?

대상 없이 누군가를 미치게 그리워하고 있어요.

그걸 찾으러 나선 길은 아니지만

힘이 있을 때 노력이라도 해보고 싶네요.

그렇지 않으면 미쳐 버릴 것 같아요.

결국 손에서 빠져나가는 마른 모래를 놓치지 않으려

힘주어 잡아보지만 언젠가 맺히는 눈물을 닦게 될 걸 알

아요.

많은 걸 주신 절대자께서도

단 한가지만은 채워주시지 않는 거 같아요.

허전함을 어찌할 수 없어서

결국은 침대에 누워 천장만 바라보네요.

통증을 즐기고 있어요.

많은 술과 담배와 함께…….

왜 그토록 나의 마음을 잡아 당겼을까? 그 탄식은 어떤 시보다도 영혼을 떨리게 한다. 나의 영혼도 빨려 들어간다. 그러나 현실세계에 연결된 끈 때문에 나는 멀리 벗어날 수 없다. 더 높이 날아갈 수 없다.

난 티없이 맑은 영혼을 간직한 채 천진스러운 웃음을 터트리고 싶은 마음뿐이다. 더 높이 나르려고 몸부림치는 영

혼일수록 현실세계에 대한 절망으로 비참해진다. 고통으로 어떤 영혼의 교감을 느낀다. 영혼의 체위 그 탄식소리에 가슴 아파한다.

살아있는 영혼으로는 들어갈 수 없는 저편 세계에 대한 호기심이 근원을 알 수 없는 곳으로 나를 몰아가고 있다. 짙은 안개 같은 희미한 삶의 실체들은 손으로 잡을 수 없다. 손에서 빠져 나가는 마른 모래들이다. 죽음의 신비한 빛에 휩싸여 있는 우울이 지배하는 동토의 땅이다.

그리움, 기다림, 가느다란 사랑… 우리가 스스로 만들고 또 속아 넘어가는 환상이다. 아름다운 거짓말들, 그 밑에 가슴을 찌르는 날카로운 칼날이 숨어 있다. 그 칼날들이 안겨주는 고통들은 열리지 않는 블랙홀 저편에서 보내어지는 천형이었다.

현실의 무거운 삶은 나를 짓누르고 가느다랗게 신음한다. 가슴 한 가운데로 채워지는 바람소리들을 어떻게 막아

낼 수 없다. 온 몸을 뜨거운 물로 씻어내도 가슴에 고여 있는 핏빛의 한을 지워 버릴 수 없다. 어둠 속에서 신음하고 괴로워하다가 스스로 밖으로 걸어 나와야 한다. 어떠한 동정과 위로도 아무 소용이 없는 절망의 땅이다. 더 깊이 절망하여 가라앉아 가슴의 밑바닥에 와 닿는 한줄기의 빛을 잡고 나가야 한다. 분명 구원은 있으리라는 믿음이다. 죽음을 바라보면서 시커먼 어둠에 대한 당당함이다. 어느 누구라고 가슴에 핏빛의 한이 없을 수 있을까?

변하려고 하지 말고 있는 그대로 살아요. 자신에 대한 증오를 거두고 하늘을 바라보고 깊이 숨을 쉬고 또 눈물이 나면 울고 들꽃이 되어 조용히 웃어요. 죽음으로 가리워진 당신의 아픔을 내 기억합니다. 핏빛 한의 영롱함을······.

내밀한 속삭임

비록 짧은 기간이지만 와인의 핏빛에 젖어 살았다. 그 핏빛에 충실하였다. 나 자신도 처절한 고독과 죽음에의 매혹 스러운 유혹으로 빠져 들어갔다. 차갑게 얼어붙은 먼 공간 을 흘러와 나의 가슴을 베는 예리한 얼음 칼날에 괴로워하 고 토해내는 신음소리는 순수 그대로였다.

와인과 나의 서로 다른 고독이 겹쳐지며 슬프디 슬픈 빛 을 흘러 내린다. 내가 들어가기를 거부하였던 먼 과거로의 죽음의 유혹이 신비스럽게 느껴진다. 난 축축한 자궁에 들 어 있는 태아처럼 어두운 세계로 빠져 가는 것이 무척 행복 하다. 먼 과거에서 울려오는 자장가도 친근하게 들려온다.

아무리 공간적인 격리로 육체를 꽁꽁 묶어 놓는 차가운 이성이 있어도 채울 수 없는 무엇은 남아 있다. 만지고 싶 은 핑크빛 피부의 뜨거운 갈망들이다. 새로운 절망이다. 마 음의 심연에서 일어나는 내밀한 속삭임이 크게 들려온다.

결혼 이후 18년간 나의 곁에서 살갗을 붙이며 살아온 사랑스러운 아내, 자식들의 모습이 떠오른다. 어린 시절 포근한 항구를 떠나 나뭇잎배처럼 정처 없이 흘러가야 하였던 아픔들이 생생히 느껴진다. 또 다시 아이들에게 나의 아픔을 안겨 줄 수는 없다. 가정이라는 높은 성벽을 나 스스로 허물어뜨릴 수는 없다. 뜨거운 격정은 격정일 뿐 회오리바람에 휘말릴지라도 나는 아이들의 손을 잡고 따가운 모래바람을 참고 견뎌 나갈 것이다.

내가 계속 와인에게 빠져 들어감은 사실 현실법에 처벌받지 않은 정신적인 불륜이다. 불륜에도 진실한 사랑이 흐르고 있고 힘겨운 인내와 자기절제를 필요로 한다. 차라리 와인과의 침묵을 택하는 것이 현명한 방법이라고 판단을 내렸다. 이제 그 잔치가 끝나간다. 막다른 골목에 이른 것이다. 내가 스스로 만들어 놓은 높고 높은 벽을 넘어 더 이상 앞으로 나아 갈 수 없다.

육체를 꽁꽁 묶어둔 영혼의 한계이다. 큰 잔치가 끝난 뒤 그 공허함은 크게 다가온다. 침묵이 덮쳐오며 마음을 싸늘

하게 식게 한다. 극이 클라이맥스를 향하여 가다 갑자기 끝나 버리는 당황함도 겹쳐진다. 홀로 내팽겨진 소외감은 나를 더욱 더 초라하게 한다. 뜨거운 사랑의 열병을 앓고 난후 외로움이 일어난다.

만남

전화벨이 울린다. 저를 아시겠냐고 상냥한 여자 목소리가 들려온다. 내가 전혀 듣지 못한 여자 목소리이다. 상냥하고 차분한 서울말이다. 실례지만 누구신지? 저어 남미에서 온……. 아, 와인이다. 반가우면서도 놀랐다. 여수공항에 내려 전화를 한다고 한다. 오래 전부터 와보고 싶었던 한국의 남쪽 지방을 여행하기 위하여 내려 왔다고 한다.

오후 4시 조례저수지가 내려다보이는 레스토랑에서 와인을 만났다. 웃으면서 반갑게 인사를 나누었다. 살짝 부끄러움이 느껴진다. 예상보다 작은 체구에 조금 건강하게 보였다. 하얀 피부에 큰 눈동자. 스트레이트 긴 머리, 핑크색 원피스에 진주 목걸이를 찼다. 와인은 담배를 깊숙이 빨아들이며 잠시 말이 없다. 아직은 한가한 오후라 사람이 붐비지 않는 레스토랑 안으로 조용한 음악이 흐르고 있다. 아직 서로 서먹하기만 하다. 우연일까? '가까이하기엔 너무 먼 당신'이라는 노래가 흘러나온다. 와인이 좋아하는 노래이다. 처음 채팅에서 만났을 때 나에게 들려주었던 노래이다. 와인이 먼 외국 땅에서 죽음의 유혹에서 헤맬 때 이 노래를 듣기 위하여 채팅방에 자주 찾아 왔다고 한 옛 기억이 떠오른다. 가까이하기엔 너무 먼 당신을 난 잊을 테요……. 흐느끼는 듯한 노래가 끝나고 다른 노래로 이어진다. 서로 바라보며 어색하게 웃었다. 몇 마디 이야기들을 나누었다. 온라인에서 바라보았던 환상들이 오프라인에서 하나씩 드러나고 있다. 와인의 표정에서는 깊은 우울이 어려 있다. 반갑게 이야기를 나누면서도 어떤 떨림과 두려움이 가슴 한구석에 흐르고 있음을 숨길 수 없었다. 먼 공간적 격리를 뛰어넘어 나의 세계로 홀연히 날아 들어온 와인, 내가 허락하지 않은 현실세계에서의 만남이 앞으로 어떻게 전개될지 머리가 복잡해진다.

번잡한 도심을 벗어나 동천을 따라 내려가며 순천만 대대포구에 차를 세웠다. 바람에 물결치는 갈대밭이 끝이 안 보일 정도로 광활하게 펼쳐져 있다. 한가롭게 왜가리와 백로들이 포구 위를 날고 있다. 시골 색시처럼 아무런 치장도 없이 소박한 자연 그대로의 모습이다. 자그마한 포구에는 어선 몇 척이 갯벌에 세워져 있다.

예전에 이 갈대밭 밑을 파헤치고 모래를 채취하려는 개발에 반대하며 갈대밭을 지켰던 환경운동을 자랑삼아 이야기하였다. 와인은 참 장한 일을 하셨다고 칭찬을 한다. 바다로 뻗어나가는 둑길을 말없이 걸어갔다. 아래 황토 자갈길에는 드물게 차들이 지나가며 먼지를 일으킨다. 갈대밭 너머로 바닷물이 빠져나간 넓은 갯벌과 저 멀리 순천만 바다가 확 트이며 보인다.

고흥쪽 산등성이로 해가 넘어가며 붉은 노을이 바다를 붉게 물들인다. 아름답다. 석양은 바람난 여자의 모습이라며 서로 웃었다. 빠알간 해가 서쪽 나지막한 산 능선으로 내려앉는다. 붉게 빛나는 노을은 파란 하늘을 잡아당기고 있다. 갯벌은 노을의 붉은 빛을 빨아들이고 노을은 점점 갯벌의 검은빛으로 물들어간다.

어두워지기 시작하는 하늘 위로 흑두루미 떼들이 무리를 지어 날아간다. 사람들의 손길이 닿지 않는 갯벌에서 하루 종일 모이를 주워먹고 석양이 내릴 무렵 추수가 끝난 논에 잠을 자러 온다. 흑두루미는 순천만에 오는 철새이다. 저 먼 시베리아 벌판에서 여름을 보내며 번식을 하고 겨울이 되면 월동을 하러 순천만으로 다시 찾아온다. 그 먼 거리를 날아 순천만까지 찾아오는 흑두루미의 원초적 본능을 인간의 이성으로는 설명할 수가 없다. 또 알아야 할 이유도 없어 보인다.

순천만 하늘 위를 날아가는 흑두루미와 와인이 겹쳐진

다. 25시간의 먼 거리를 날아 나의 옆에 와인이 서 있다. 현실의 반대인 온라인에서 나의 영혼을 송두리째 앗아갔던 여인이다. 화면 속에만 존재하여야 할 와인이 그 먼 거리를 날아와 나의 옆에 서서 걸어간다. 무엇이 그녀를 이곳 순천까지 날아오게 하였을까? 나에겐 그녀를 이곳으로까지 날아오게 할 만한 그 어떤 매력도 소유하고 있지 않다고 생각된다. 흑두루미같은 와인의 비행, 깊은 블랙홀을 헤매는 와인의 영혼을, 도저히 이해할 수가 없다.

가까이하기엔 너무 먼 당신

10월 초 두 아이들의 고교 진학이 만족스럽게 이루어졌단다. 그리고 남편과 합의이혼을 했다. 고교 진학을 앞둔 자녀들에게 정신적 충격을 주지 않기 위하여 미루어 왔던 이혼이라고 한다. 헝클어져 어떻게 풀 수 없는 실타래를 마음 아파하지 않고 싹둑 자르고 고통의 쇠사슬에서 풀려나기로 했다. 억누를 수 없는 증오에 자신이 빨려 들어갔던 죽음에의 유혹도 더 이상 느끼지 않는다고 한다. 이혼 후 1개월간 멕시코에서 휴양을 하였다. 그 휴양지에서 날마다 음악을 듣고 테킬라를 마셨던 카페를 이야기한다. 짧은 기간이지만 그 카페에서 자신에게 빠져드는 남자를 만났다고 자랑한다. 아직은 남자에게 자신이 어떤 성적 매력을 가지고 있단다. 프랑스에 사는 친구를 만나고 며칠 전 한국으로 왔다. 나를 만나기 위한 전라도 쪽으로의 여행은 예전부터 계획되어 있었던 것이라고 다시 강조한다. 살아있을 때 나를 한번 만나보고 싶은 것은 숨길 수 없는 간절한 소망이라고 솔직하게 말한다. 하지만 나의 삶은 침범하지 않은 채 그냥 스쳐 지나가는 바람으로 불어갈 것이라고 한다. 나를 바라보며 가까이하기엔 너무 먼 당신이라고 깔깔 웃는다. 이렇게 불쑥 찾아 왔지만 부담은 갖지 말라고 부탁한다. 내일 1시 비행기로 서울로 갈 것이라고 한다.

먼 바다에서 차가운 바람이 불어온다. 춥다며 와인이 품에 안겨 들어온다. 강하게 와인을 끌어안았다. 와인의 두 뺨에 흐르는 눈물이 가슴으로 전해져 온다.

짙은 어둠으로 둘러싸인 공간, 삼켜버릴 것만 같은 침묵 속에서 나약한 자신을 바라본다. 무엇이 나 자신을 비겁하게 만들며 흐르는 감정마저도 숨겨야 하였을까? 단조로운 일상에서 한줄기의 따뜻한 빛, 한 조각의 부드러운 바람이 간절하기만 하였다. 허공 속으로 손을 내밀어 보지만 아무것도 잡혀지지 않는 삶이었다. 이대로 어둠 속으로 가라앉아 사라져 버릴 것만 같은 안타까움이다. 휘황찬란한 불빛만 깜빡거리는 온라인은 따뜻한 감흥이 없는 박제된 사랑이었다.

진정한 행복은 회오리바람이 불어오고 붉은 노을이 내리는 오프라인인 현실에 있었다. 부드러운 피부를 애무하고 뜨겁게 뛰는 심장소리를 느끼고 싶다. 차가운 컴퓨터들은 아니다. 한숨 길게 쉬고 눈물 흘리는 동물들이다. 어둠이라는 무거운 침묵의 비밀 아래 뜨겁게 입을 맞추고 하나가 되기를 갈구하는 발정난 동물들이 되어간다. 윤리적 억압을 벗어버린 원시의 땅에서 와인은 발가벗은 바쿠족 여인이 되어간다. 뜨거운 갈망으로 가득 채워진 원시의 땅으로 나를 빨아들인다.

어두운 침묵……. 이제는 낯익은 친구이다. 나의 품속에서 와인이 파르르 떨고 있다. 두꺼운 껍질을 깨고 잠자는 영혼을 뒤흔든다. 보고 싶었던 얼굴이다. 그녀의 웃음소리를 듣고 싶었다.

오늘은 들꽃이고 싶어요

바다에 지저분한 가방을 비우듯 자신에 대한 증오를 비워버리세요. 이루지 못할 사랑에 대한 아쉬움도 지워버리세요. 와인의 방황은 이제 끝을 내야 한다. 절망에서 절망으로 몰아가는 죽음에의 무책임한 갈망을 벗어 던져 버려야 한다.

텅 비워버린 빈 가방을 들고 홀가분하게 쇼핑을 가세요. 머리도 자르고 화장도 하고 핑크색 원피스도 화사하게 입어 보세요. 단 한번뿐인 삶을 쉽게 죽을 수는 없다. 죽음에의 뜨거운 갈망들을 이기고 화려한 블랙로즈에서 벌판을 지키는 초라한 들꽃으로 피어나야 한다.

차가운 이성의 지배를 벗어나 뜨거운 사랑을 꿈꾸며 한 송이 들꽃으로 피어난다. 우리의 핏속에 흐르는 죽음에의 뜨거운 갈망, 에로스는 우리의 의지와는 상관없는 조물주의 의지이다. 우리는 조물주의 지시에 따라 떠밀려 갈 뿐이다. 사랑할 때 사랑하여야 하고 죽을 때 죽어야 하는 것이다.

사랑을 할 때는 뜨거운 본능에 충실하여야 한다. 쾌락이라는 꿀을 빨아먹는 나비들처럼 오르가즘이라는 희열에 빠져 들어간다. 죄악이 아니다. 환희의 순간에 영원의 문이

열리고 새로운 생명이 잉태되어진다. 에로스는 결국 생명의 영속성을 위한 조물주의 간교한 유혹이다.

연약한 우리는 빠져들어 갈 수밖에 없다. 사랑이 안겨주는 쾌락이 없다면 우리는 삶에 지쳐 쓰러진다. 쾌락에 중독이 되어 있는 육체는 절망하고 죽음을 꿈꾼다. 에로스가 사라지면 그만큼 죽음의 욕망으로 채워진다. 죽음에의 뜨거운 갈망은 에로스의 또 다른 모습이다.

에로스와 죽음은 같이 묶어져 있다. 신비스러운 조화이다. 죽음도 꽃이 피고 지는 것처럼 우주 신진대사의 과정이다. 육체를 오래 소유하지 못하고 원래의 위치로 돌아가게 하는 윤회이다. 죽음을 통하여 영원으로 들어가고 에로스는 영원에서 새로운 생명을 탄생시킨다.

죽음이 우리에게 있다는 것은 하나님의 축복이다. 죽음이라는 종말이 없는 존재는 너무 피곤하고 추하다. 죽음과 이별을 스스럼없이 받아들이는 거기에 평안이 있다. 그러

나 죽는다는 낭만적인 환상에 빠
져들어가서도 안 된다. 내가 나
를 죽음으로 몰고 갈 수는 없다.

모든 것이 흐르고 흘러간다.
죽을 때 죽고 사랑할 때 사랑하
여야 한다. 먼 미래로 흘러가는

심장의 힘찬 박동소리를 느낀다. 사랑하고 싶다. 이제 나를
바람 따라 흘러가는 나그네로 버려두어야 한다. 갓난 어린
아이처럼 천진스럽게 웃어야 한다.

나를 억누르고 있는 분노들이 들꽃으로 피어나며 사랑을
노래한다. 버려진 황폐한 땅을 하얀색으로 노란색으로 수
를 놓는 들꽃들이 너무 사랑스럽다. 순천만 대대포구 너머
보이는 아파트의 화려한 불빛 속에서 신음하는 영혼들에게
사랑을 띄워 보낸다.

와인은 낮은 자리로 내려가 들꽃으로 피어나고 싶다고 한다. 아무도 보아주는 눈길은 없지만 언제나 그 자리를 지키며 끈질긴 생명력으로 피어나는 들꽃들이다. 그래 들꽃처럼 꽃 피우고 들꽃처럼 질기게 살아가야 한다. 들꽃처럼 흐드러지게 웃는다.

나에게 들꽃 같은 생명력이 있길 바래요. 끊어질 듯하면서도 언제나 그 자리에 있는……. 무심히 봐주는 눈길만으로라도 사랑일거라고 생각하면서 언제나 잔잔한 모습으로 이어지는 들꽃의 생명력……. 진정 오늘은 들꽃이고 싶어요.

하얀 달빛

대대포구를 벗어나 이사천을 끼고 돌아 멀리 떨어진 상사

댐으로 차를 몰고 갔다. 늦은 가을의 정취는 평화로웠다. 차 창 밖을 말없이 바라보며 와인은 담배를 태워 올린다. 그녀 가 죽음의 유혹을 이기고 오래 살았던 보람을 오늘에야 찾 았다고 웃는다. 그녀의 한 손을 나의 어깨 위에 가볍게 내려 놓는다. 이어 머리에서 귓볼과 뺨을 애무하듯 오랫동안 어 루만진다. 옆으로 슬쩍 바라보니 눈물을 글썽이며 그윽하게 나를 바라보고 있다. 소유할 수 없는 사랑에 대한 아쉬움이 그녀를 새로운 슬픔으로 몰고 간다. 나를 위하여 와인을 사 왔고 빨리 와인을 마시고 싶다고 한다. 갑자기 엄마 품을 그리워하던 어린 시절을 생각나게 한다. 와인이 포근한 엄 마 품처럼 느껴진다. 나도 빨리 와인을 마시고 취하고 싶 어진다.

상사호를 바라보는 산등성이에 지어진 통나무 전원식당 으로 들어갔다. 달빛은 상사호를 부드럽게 어루만지고 있 었다. 유리로 바람을 막은 테라스에 자리를 잡았다. 통나무

식당 안에 다른 손님들은 없었다. 마음이 놓인다. 조그마한 도시에서 살아가려면 남의 눈을 의식하지 않을 수 없다. 테라스에는 늦은 가을의 추위를 쫓기 위하여 장작난로가 활활 타고 있었다. 난로에서 전해오는 온기가 기분을 좋게 한다. 와인을 몇 모금 마셨더니 몸이 편안해진다. 고급와인인지 맛과 향도 감미로웠다. 와인이 마음에 든다고 칭찬을 해주자 매우 기뻐한다. 평소에 담배를 피우지 않지만 한 개피를 입에 물었다. 담배 피는 폼이 어설프다고 놀린다. 만난 지 불과 몇 시간도 못 되어 다정한 연인처럼 행세한다. 아니 다정한 연인이라고 말하는 것이 옳다.

사랑이라는 것은 같이 있으면 행복하고 기쁨을 느끼는 것이다. 이 순간 나의 감성이 지시하는 대로 흘러가고 싶다. 그러나 사랑은 순간이며 영원히 손에 잡혀지지 않고 머무르지 않는다. 하나씩 부어지는 사랑은 언제 깊은 침묵의 바닥에서 다시 솟아오를 것인지 기약이 없다. 와인과의 지금 이 순간도 즐겁지만 덧없이 사라져 가고 있다. 컴컴한

긴 굴뚝 속에서 와인은 구원을 갈구하고 있다. 침묵 속에
흘러나오는 달빛이 와인의 핏빛을 위로한다. 와인을 부어
놓은 그라스 위에 달빛이 머무른다. 와인의 핏빛을 하얀 달
빛이 감싸 안는다.

고통이 아무리 커도 아무렇게나 죽을 수 없다. 들꽃처
럼 질긴 생명으로 나에게 주어진 모든 고통들을 이겨내야
한다.

영원에서 스며 나와 살아 숨쉬고 있다는 것이 얼마나 큰
축복인데요. 초라한 나를 사랑해요. 그리고 아무 생각 없이
흘러가요.

가슴에 응어리진 핏빛은 밖으로 타오르고 죽음을 이기는
희미한 등대가 반짝인다.

가혹한 형벌

"아직도 심한 우울 속에 담겨 있어요. 짙고 어둠뿐인 이 우울이란 바다 속에서 언제나 벗어날지 알 수 없지만 차라리 지금이 편할 거라는 생각으로 스스로를 위로하네요. 저에게 무얼 강요하신다고 변화를 주기엔 이미 너무 깊은 나만의 세계에 빠져있네요. 솔직히 말씀드려서 전 오히려 도움을 청하고 싶어요. 위로도 더 받고 싶구요. 그런 면에서 저는 당신을 만난게 과분한 행운이라고 생각하고 있어요. 처음 메일로나마 저에게 자극을 주고 변화를 가져오게 하신 분이거든요. 이제 깊은 어둠 속의 편안함으로부터 유혹을 잘 이겨낸 것 같아요. 한고비 넘긴 것 같긴 한데, 주체하지 못하고 속에서부터 꿈틀거리는 그 무엇은 나의 가슴속에 남아 있어서 언제 또다시 불현듯 유혹을 느낄지 모르겠네요."

벚꽃이 만발하던 어느 봄날 채팅으로 와인을 만났을 때

그녀는 아무 것도 먹을 수가 없었다. 초콜릿과 아이스크림 외에는 다 토해 냈다. 뉴욕에서 의학적 검사를 해보았지만 원인을 알 수 없었다. 다만 우울증에 의한 정신적인 원인으로 돌렸다. 거식증이 심하였다. 체력저하로 앞으로 2년간 해외여행은 불가능할 것이라는 주치의사의 판단이었다. 그러나 불과 6개월이 흘러 와인은 25시간 동안 비행기를 타고 와 내 눈 앞에 앉아 있다. 더구나 불고기에 된장국을 맛있게 먹고 있다. 어떻게 식사를 할 수 있게 되었느냐고 물었다.

"이곳 순천은 다른 곳보다는 조금 빨리 적응이 되네요. 한국에 오기 전 멕시코에서부터 아침은 요구르트로 점심은 뷔페로 먹었어요. 다음 여행지가 한국이어야 한다고 고집한 덕분으로 저녁은 대부분 한국 음식점을 찾았어요. 요즈음 몸무게가 늘어나는 게 얼마나 좋은지 아마 영철씬 이해 못할 거예요. 이제 뚱보아줌마가 되고 싶어요."

와인은 현실의 고통이 너무 심하여 견디기 힘들었고 축축한 자궁과 같은 평안한 죽음을 그리워하였으나 죽음의 유혹에서 벗어나는 변화를 느끼기 시작하였다고 한다. 또 자신을 용서하고 자신을 가혹한 형벌에서 풀어 주면서 절대자도 형벌을 풀고 유배의 땅에서 풀어 주었기 때문이라고 대답한다. 지난 10년은 이제 잊고 싶다고 한다. 나를 만나게 해준 건 분명 절대자의 섭리였다고 한다. 자신이 바라던 사랑을 이제야 허락해 주었다며 말꼬리를 흐린다. 와인은 가늘게 울기 시작한다. 행복하다고……. 와인 한병을 다 비우고 소주를 마셔야 키스가 달콤해진다며 와인이 소주 한 병을 더 시킨다.

마음속 깊은 상처

와인의 핏빛은 그토록 처참한 것이었을까? 그라스에 담겨 있는 와인의 자태는 신비스러운 자주색 빛을 발한다. 와인의 핏빛은 오랜 세월 참나무 술통에서 참으며 기다린 고통의 열매였다. 이 세상 어느 것 하나 존재의 의미가 소중하지 않은 것은 없다.

　소주를 마시며 와인은 말을 더듬거릴 정도로 취해갔다. 행복은 물질에 비례하는 것이 아니라고 말한다. 태어나면서부터 지금까지 물질에 대하여 부족함이 없고 풍족하다 못해 지겨울 정도로 많은 재산이 있는데 자신이 이렇게밖에 살지 못하는 것이 억울하다고 한다. 부모의 반대를 무릅쓰고 감행한 결혼도 진실한 사랑을 확신하여서는 아니었고 어떤 물리칠 수 없는 연민의 정이었다고 한다.
　미국 뉴욕에서 대학을 졸업할 무렵 한국에서 온 유학생을 소개받았다. 처음 만났을 때 별로 마음이 끌리지 않았다. 아무 어려움이 없이 풍요한 부와 명예를 누리고 살아온 와인이었다. 온실 속의 난초였다. 꿈이 많고 도도한 블랙로즈였다.

가볍게 사귀는 남자들은 많았지만 사랑하는 연인은 없었고 사실은 속으로 외로움을 강하게 느끼고 있었다. 이런 와인에게 한국 유학생은 깊은 사랑을 느꼈다. 지난 사랑의 상처가 그 남자를 괴롭히고 있었고 영혼이 맑은 와인은 구원처럼 다가왔다. 와인에게 사랑을 고백하였고 와인도 가난하지만 순박한 한국청년이 싫지는 않았다.

진한 사랑은 느끼지 않았지만 연민의 정으로 둘은 결혼을 하였다. 완고한 부모님들의 반대도 거셌다. 결혼 후 아이들을 낳고 가정생활에 충실하였다. 결혼 4년째 되던 어느 날 전자제품 수입판매상인 남편이 아르헨티나에서 미국으로 갔다. 와인은 사업상 장기체류인 줄 알았다. 남편이 다시 돌아왔고 예전처럼 가정생활은 지속되었다. 그리고 잊었다.

그러던 어느 날 한국인 주부들의 친목모임에 가서 친구들과 식사를 하며 많은 이야기를 나누었다. 어떤 친구가 불쑥 남편의 옛 애인에 대하여 말문을 열었다. 남편이 미국에 갔을 무렵 옛 애인이 암으로 죽었고 남편은 옛 애인을 극진히 간병하였다고 한다. 사업상 출장은 핑계였고 사랑하는 옛 연인에게 마지막 봉사를 한 것이다.

남편을 홀로 남기고 옛 애인이 떠나간 것은 자신의 남편을 진정 사랑했기 때문이었다. 연인이 치유될 수 없는 악성 백혈병을 앓고 있었음을 남편은 모르고 지냈다. 죽음을 앞두고서야 옆에서 보다 못한 동생이 남편에게 몰래 연락을 하였고 남편은 바로 옛 애인에게 달려갔다. 사랑하는 남자의 품에서 그녀는 마지막 숨을 거두었다. 장례식까지 치르고 남편은 태연하게 와인의 곁으로 다시 돌아온 것이다.

남편의 이런 사실을 아는 순간 와인의 가슴은 무너져 내렸다. 남에게 뒤지지 않는 도도함에 비례하여 정신적인 상처도 깊기만 하였다. 자신만이 독점하고 싶었던 한 남자의 사랑이었다. 남편이 미리 사실을 이야기하고 자신의 이해를 구하였다면 얼마든지 양해를 해 줄 수 있었다. 자신의 모든 것을 바쳐가며 사랑하였던 남편이 마음속으로 옛 애인을 잊지 못하고 사랑하고 있었다는 사실이 너무 슬펐다. 자신은 결국 껍질이었다. 이럴 수는 없었다. 배신감과 분노가 뒤엉키며 정신과 치료가 시작되었고 남편을 향한 마음의 문은 꽁꽁 닫혀 졌다. 모든 것을 운명으로 받아들이고 꾹 참아 봤지만 10년간 정신과 치료에도 병세는 악화되어 갔을

뿐이다. 자신에게 사랑은 가혹하기만 하다고 흐느낀다.

　"무언가 밖으로 나타내야 할 것을 욕구대로 하지 못해서 느껴야 하는 아픔인지 그렇게 잘나지도 못했으면서 남들보다 잘난 사람이라고 혼자의 생각에 취해 살았죠. 어쩌면 세

상에서 손해를 보고 살고 있다고 생각하고 있었는데 남편
과 이혼을 한 요즘은 자신을 다시 내려다보고 있어요. 홀로
자신을 다시 내려다보는 것으로 이제야 한고비 넘겼음을
알게 됐네요."

밀회

밤이 깊어가고 10시가 넘어 통나무 식당을 나섰다. 와인
은 긴 여행의 피로 때문인지 잘 걷지를 못하고 나의 팔을
끼고 선다. 늦가을의 밤공기가 차갑게 볼을 스치고 지나간
다. 달빛이 아름답다며 조금 더 산책을 하자고 조른다. 이
처럼 늦은 가을밤의 찬 공기는 가슴 사이를 아프게 헤집고
들어온다. 애잔한 슬픔을 일어나게 한다. 나의 가슴 깊숙이
흐르는 핏빛 와인의 흐느낌이다. 가난한 의과대학 시절 밤
늦게까지 도서관에서 공부를 하고 아무도 없는 거리를 혼
자 걸어갈 때 볼에 스치는 찬 공기는 나를 다정하게 위로해

주었다. 오늘밤처럼 갈색의 낙엽들이 나뒹굴었고 밤하늘에 걸린 초생달은 가슴을 더욱 시리게 만들었다.

그땐 너무 외로웠다. 홀로 그 먼 거리를 걸어갔다. 혼자라는 것. 그러나 앞으로 걸어가야만 하였다. 어떠한 슬픔도 나를 멈추게 할 수는 없었다. 나를 감싸고 있는 불행에서 하루라도 빨리 벗어나고 싶었다. 볼에 스치는 찬 공기가 이제는 돌아갈 수 없는 아름다운 추억을 되살려 준다. 안겨준 슬픔은 때 묻지 않은 순수였다. 나의 팔에 기대어 걷고 있는 와인이 볼을 스치고 지나가는 찬바람처럼 느껴진다. 찬바람은 아프고 슬프지만 자유롭게 불어간다. 아무나 이처럼 살아갈 수 있을까? 물질의 풍족이 주는 기름진 삶에 싫증이 나고 아픈 슬픔을 자극으로 즐기고 있는 지도 모르겠다. 볼을 스치고 지나가는 찬바람이 된다는 것은 화려한 사치일 수도 있다. 들꽃도 행복에 겨워하며 꽃망울을 터트리고 화려한 사치를 하고 있다.

우리는 들꽃처럼 웃지 못하고 슬픔에 잠겨 있다. 와인이 품어내는 진한 담배연기, 마셔대는 술은 들꽃이 되지 못한 슬픔을 달래주는 것이다. 와인은 한 송이 들꽃, 볼에 스치는 찬 공기로 흘러간다. 슬픔이 아닌. 화려한 사치이다. 하얀 달빛을 받으며 늦서리에 고통을 받으면서도 들꽃은 행복해하며 웃고 있다.

예약을 해둔 아젤리아 호텔로 차를 몰고 갔다. 늦은 밤 호텔 로비는 조용했다. 뜨거운 밀회가 이루어지는 호텔이다. 우리들은 피곤한 일상에서 사랑을 꿈꾸고 욕망을 채우기 위하여 은밀한 장소를 필요로 한다. 욕망 앞에 윤리라는 사회적 안전장치는 무력하게 무너진다. 일상의 생활에서 뜨거운 사랑을 갈구하지만 그 꿈들을 다 이룰 수는 없다. 이 욕구불만이 해소되는 곳이 호텔이다. 호텔이라는 밀폐된 공간에서 가면을 벗어 던지고 억제된 욕망들을 불태우고 있다.

와인과 나도 이곳을 찾는다. 남의 눈을 의식하며 조심스럽게 7층 특실로 올라갔다. 어두컴컴한 복도를 지나 문을 열고 방에 들어서자마자 와인이 와락 안겨온다. 잠시 후 와인이 키스를 위하여 저녁 식사 후 불결한 입을 깨끗하게 해야 한다며 샤워실로 들어간다. 누구에게 피해를 주지 않으려는 강박적인 결벽증이다.

샤워를 마친 후 사랑한다며 뜨거운 키스를 퍼붓는다. 달콤하고 황홀하다. 나도 뜨겁게 안았다. 그대로 한 점으로 타 올라가고 싶었으나 넘어 설 수 없는 금지된 벽이 현실에 존재하고 있었다. 나의 차가운 이성은 시계가 11시를 넘어서고 있다고 말한다. 떨어지지 않으려는 와인에게 내일 아침 7시에 깨우러 오겠다고 하며 방문을 나섰다.

은밀한 유희

아파트 벨을 울리자 걱정스러운 듯 마누라가 문을 열어준다. 건강을 생각해서 술을 줄이고 집에 일찍 좀 들어오라고 종알거린다. 그녀의 사랑을 나에게 표현하고 있다. 아직까지도 덜 끝난 빨래감들을 정돈하고 있었다. 대학입시를 앞둔 딸아이는 아직 돌아오지 않았다. 12시가 넘어서 자고 새벽에 일어나는 아내는 언제나 잠이 부족하다. 남편과 자식들에게 헌신적인 아내가 사랑스럽고 고맙다. 외투를 벗어 걸고 바로 욕실에 가 샤워를 했다. 머나 먼 공간적 격리를 두고 빠져들었던 사이버 상의 사랑이 현실에 피어 오르는 충격에 마음이 착잡하기만 하다. 숨길 수 없는 건 와인이 사랑스럽다는 것이다. 온라인에서 느꼈던 따뜻한 마음이 현실로 생생히 스며 나오며 살아 있다는 윤기를 더해만 간다. 만약 내가 살아가는 현장에서 만났다면 서로에게 쏟아 부은 감정도 진하지 않았을 것이다. 사이버라는 두터운 비밀과 익명성이 두 사람을 더욱 용감하게 하고 빠른 속도로 가깝게 하였던 것 같다.

　사이버와 현실세계에서 맺은 사랑은 각각 다를 거라고 생각하였다. 그러나 사이버세계에서 맺어진 사랑도 현실세계에서와 같은 가슴 떨리는 사랑이었다. 그 사랑이 안겨주는 정신적 의무를 벗어날 수는 없다. 온라인으로 불쑥 솟아오른 사랑에 당황하지만, 한편 첫사랑에 빠진 소년처럼 가슴 떨려옴을 쉽게 숨길 수 없다. 어린 시절 몰래 장독대 위로 올라 가 전깃줄을 만질 때 짜릿하게 느껴오는 두려움을 오랫동안 즐기며 놀았다. 전깃줄을 조심스럽게 만졌다가 짜릿하면 바로 놓고를 반복하였다. 와인과의 인터넷을 통한 은밀한 유희는 전기가 통하는 것처럼 짜릿하였다. 피곤한 삶에서 따뜻한 위로였다. 사랑에 빠져 들어가도 누전이 되면 차단기가 내려가 생명을 보호하듯 마음의 차단기가 즉각 작동할 것이라는 안도감은 있었다. 오늘 와인은 어떠한 마음의 준비를 할 틈도 주지 않고 불쑥 나타났다. 차단기가 역할을 하지 못하고 그대로 감전이 되어 버린 것 같다. 전기충격으로 하얀 배를 내밀고 떠내려가는 붕어가 현재 나의 모습이다. 와인에게 빠져든다.

샤워를 마치고 거실쇼파에 옆으로 누워 TV를 바라본다. 마누라가 따끈한 인삼차를 마시라고 주며 내 어깨에 얼굴을 기댄다. 사랑스럽다.

고통의 끝

코스모스가 만발한 한적한 길을 빠르게 지나간다. 좌측으로 흘러내리는 이사천에선 희뿌연 물안개가 피어오르고 있다. 상사호에 들어서고 아젤리아 호텔 가까이 이르자 멀리 누군가가 한가하게 걸어오는 모습이 보인다. 와인이다. 차를 멈추자 앞자리에 탄다. 어젯밤 마음은 행복했지만 거의 잠을 못 이루었고, 동이 트자 밖으로 나와 코스모스가 핀 길을 따라 한참을 걸었다고 한다. 자신은 누가 구제해 줄 수 없는 복잡한 여자라고 가늘게 내 뱉는다. 담배를 꺼내 태운다. 담배는 도저히 끊을 수 없으며 복잡한 마음을 가라 앉혀 주는 정신적인 비타민이라며 빙긋 웃는다.

"외국 생활에서 마약의 유혹을 심하게 느낀 적이 많았어요. 대학 축제나 헤비메탈 공연을 보러 가면 아주 자연스럽게 하는 일이고 주위의 권유도 많았죠. 절대로 안 되는 건 정해놓고 지키는 성격이라 아직 한번도 해보지 않았던 건데 몇달 전 강한 유혹을 느끼고 심한 갈등을 느꼈었네요. 더 이상 망가져 가는 내 모습을 보기 싫어서 이젠 생각도 하지 않기로 했어요. 제가 보기보다는 좀 독한 데가 있어요. 그러기에 이런 아픔 속에서도 살아 견디는 것이겠지만, 그나마 담배가 위로가 되어 주어요. 고통의 끝을 힘들게 찾지 않을 거에요. 인생이 고통의 연속이라는 것을 이제야 알았네요 그냥 내 몫이라면 받아 안아볼래요."

선암사 주차장에 멈춰 섰지만 몸이 춥다며 이대로 있고 싶다고 한다. 차 안은 후끈한 바람으로 따뜻했다. 잠시 눈을 붙이겠다고 하여 의자를 뒤로 젖혀 뉘였다. 와인은 가슴을 만져 달라고 나의 팔을 끌어당기고 얼굴을 부드럽게 어루만지기 시작한다.

"지극히 객관적인 시선에서 본다면 저는 나무랄 데 없이 행복한 여자네요. 가정적이고 다정한 남편, 건강하고 공부 잘하는 아이들, 힘들지 않은 부유한 생활……. 하지만 이건 인형인 건데, 사랑은 메마르고 향기 없는 조화일 뿐이구. 그냥 주어진 현실에 만족하고 화려하게 누리면서 사는 걸 원하는 게 아니에요 . 어둠 속을 헤매고 그래서 어떤 돌파구가 필요하였지요. 요즘은 많이 안정되어가요. 나의 방황을 이해해줄 수 있는 사람을 만났다고나 할까요? 요즘은 변화와 함께 희망도 생긴 것 같아요. 검정색 차만 고집하던 제가 얼마 전 빨간 BMW를 샀어요. 아직은 낯설지만……. 그리고 어제 핑크색 원피스를 처음 입어 보았어요."

차창 밖으로 담배연기를 길게 내뿜으며 읊조렸다. "그래요 영철씨 말대로 만남의 끝은 언젠가 있을 거네요. 하지만 지금은 생각하고 싶지 않아요. 모처럼 찾아온 행운인 것 같아서 놓치고 싶지 않고 지금은 그냥 의지하네요. 부담 갖거나 힘들어 하진 마세요. 몇 시간 있으면 당신 곁을 떠날 거구 지금 이 순간만 저에게 충실해 주세요. 부탁이에요."

불륜

선암사로 들어가는 길을 둘이 걸어갔다. 와인은 팔짱을 끼며 달라붙는다.

"결혼하기 전 저를 사랑하고 오랫동안 따라 다니던 남자 친구가 일본에 살고 있었어요. 남편과의 불화 직후 모처럼 한국에 볼일이 있어서 혼자 왔는데 우연히 남자 친구가 알고 나를 보러 한국에 오겠다는 말에 너무 놀랐었고 간곡히 오지 말라는 말을 했지만 추석 지난 다음 그 사람이 도착했

다는 전화를 받았어요. 노량
진역이라는 곳에서 만나기
로 했지만 정말 용기가 나질
않아서 지하철역 위에서 그
사람과 만나기로 했던 공중전화
박스를 내려다 보고 있었는데 뒤에서 남자
가 왔더군요. 오랜만이라고 말을 했어요. 그래서 만났는데
인천 쪽의 어느 바닷가에 가서 저녁에 어두워지는 바다를
봤어요. 저의 신세를 생각하니 눈물이 많이 나더라구요. 참
많이도 울었었어요.”

선암사로 가는 길은 옆으로 고목이 즐비하여 떨어지는
낙엽으로 스산했다. 와인이 피곤하다고 한다. 길 옆 좌측으
로 내려가 개울가 평평한 돌에 걸터앉았다. 또 담배를 태운
다. 무지한 골초다.

밤이 늦어 작은 호텔에 들어가 하루를 아무 일 없이 보내고 하룻밤을 더 보내면서 그날 밤 사랑을 나누었어요. 사랑한다기 보다는 나를 사랑해주었다는 죄송함이 더 컸었어요. 죽음을 생각했던 나는 순순히 그의 요구에 따랐어요. 그때 생리중이었고 안되는 거라고 생각했었지만 깊은 사랑을 나눌 수 있었네요. 다음 날 경복궁에서 다시 만났고 나는 김밥을 정성스레 싸가지고 나가서 남자 친구에게 먹였는데 그 사람이 먹다가 말고 말없이 눈물을 흘리면서 왜 이제야 만나졌냐구……. 다음 날 남자 친구가 돌아갈 때 아침에 공항에 나가서 웃으며 보내려고 했는데 손을 흔드는 그 남자를 차마 보지 못하고 돌아서서 혼자서 울었어요. 남편 이외의 남자에게 나의 순결을 허용한 죄책감도 죽음으로 나를 강하게 몰아갔어요. 아픔은 너무 오랫동안 저를 괴롭혔지요……. 그후 10년간 남편과의 잠자리는 없었어요.

선암사에서 흘러내리는 정결한 시냇물에 와인의 가슴에

깊이 묻어 두었던 죄악을 씻어 보냈다. 가슴이 후련한 듯 와인은 툴툴 털고 일어나 크게 심호흡을 해댔다. 그런 와인을 보는 마음은 갑갑함이 더해 온다.

쥬이상스

와인의 가슴을 꽁꽁 묶어온 블랙홀의 쇠사슬을 나의 앞에서 스스로 풀어 버린다. 홀가분하였을까? 두꺼운 껍질을 깨고 열리지 않는 블랙홀을 걸어 나오고 있다. 용서할 수 없는 배신감과 자신이 저지른 죄의식 때문에 10년간 남편은 물론 다른 남자와 성적인 결합이 없었다. 우울한 세계에서 자신을 학대하며 살아가는 모습은 일반적인 상식으로는 납득할 수 없다. 에로스는 살아가는 본능인데, 가부장적인 사회에서 와인은 남근적 질서를 무시하고 초월하면서 살아온 것이다. 대신 홀로 갇혀진 세계에서 자신을 태우고 성적 경험과 비슷한 열락과 강렬한 희열에 빠졌다. 성교의 변형된 형태가 죽음에의 강렬한 유혹이었을 수 있다. 에로스와 타나토스는 언제나 갈등하며 서로 떨어지지 않기 때문이다. 세번이나 자살을 기도한 것은 어쩌면 죽음이 던져주는 신비스러운 환희에 스스로 빠져 들어갔으리라는 생각이 든다.

아무도 살지 않는 무인도에 성을 짓고 거기에 감금된 다나에 공주와 하늘에서 사는 아폴로 신과의 사이에 일어난 사랑도 이와 비슷하다. 신비주의자들은 그것이 무엇인지 알 수 없고 오직 경험할 뿐이라고 분명하게 증언한다. 유한한 육체를 벗어나 하늘로 향하는 강렬한 희열이다. 육체적인 접촉이 아닌 영혼의 접촉만으로도 극치에 도달하는 것이다. 그녀의 쥬이상스는 무엇이고 그것은 어디에서 오는가? 그녀는 에로스를 죽음의 본능인 타나토스로 대신하여 살아왔다. 죽음같은 어둠을 깨는 새벽의 희미한 먼동이 타나토스의 희열처럼 느껴진다. 와인은 어쩌면 신과 사랑을 나누는 무녀인지도 모른다. 
굿판에서 칼춤을 추는 무녀
들은 오싹하지만 신비스럽고
오묘한 세계로 우리들을 빠
져 들게 한다. 신이 내린 무
녀들은 남자와의 섹스는 아
무런 감흥이 없다고 말한다.
아무리 애무를 하고 오랜 시
간 삽입을 하여도 반응이 없
다. 불감증은 아니다. 무녀가
황홀경에 빠지는 것은 오직 신명나는 굿판에서 신을 만날
때 뿐이다. 무가를 부르고 춤을 추면서 오르가즘을 느낀다.
성교의 변형된 형태이다. 신이 내린 무녀처럼 와인도 자신
만의 세계에서 어떤 성적 황홀경에 빠져 있었다. 그것이 사
이버 세계에서 느끼는 사랑이었을 수도 있다. 보통의 남자
에게 성적 충동을 일으키지 않는, 어쩌면 초월하여 버린 도

인처럼 살아왔다. Beyond Sexuality. 이제 죽음의 유혹에서 벗어나 에로스 세계로 돌아와 와인을 마시고 분홍빛 피부를 만지고 싶다는 원초적 본능을 강하게 내뿜고 있다. 풀 수 없는 여성의 신비이다. 와인은 지금 나를 강하게 유혹하고 있다. 왜 무엇 때문에? 여성의 쥬이상스는 이성으로는 포착될 수 없다.

제비꽃

아젤리아 호텔 특실로 들어섰다. 테라스 밖으로 보이는 상사호에는 아직도 물안개가 희뿌옇게 올라오고 있다. 아침식사로 전복죽이 들어왔다. 가을이 내리는 테라스에 작은 티 테이블이 있었고 와인 한 병과 전복죽을 가지고 둘은 앉았다. 아침이지만 촛불도 켰다. 와인을 마시며 와인은 행복하게 웃는다. 자신이 오래 전부터 꿈꾸어 오던 일이란다. 상사호를 지긋이 바라보며 자신이 죽으면 묻힐 곳을 결정

했다고 한다. 집으로 돌아가면 딸에게 자신이 죽거든 상사
호와 순천만 갈대 숲 위에 화장한 가루를 뿌려 달라고 유언
할 거라 한다. 내가 살고 있는 곳이기 때문에 특별한 의미
가 있단다. 내년에 흑두루미처럼 다시 순천만에 날아 올 수
있을런지 모르지만, 현실이 허락한다면 해마다 오고 싶단다.

온라인에서 맺어진 사랑이지만 어쩔 수 없이 현실의 지
배를 받아야 하는 환영이다. 와인은 여수공항 오후 1시 인
천공항 7시30분 비행기로 파리로 간다. 이제 우리에게 허용
된 시간은 1시간 뿐이다. 10시에 고관절 치환술 수술이 예
정되어 있다. 와인은 한동안 말없이 상사호를 응시한다. 와
인을 마시며 한 손에는 초조한 듯 담배를 태우고 있다. 나
와 눈길이 마주치고 젖은 와인의 눈동자에서 제비꽃이 피
어난다. 하얀 달빛이 비추고 소아마비 소녀가 손을 모으고
가련하게 노래를 부른다. 시냇가의 제비꽃 한들한들 제비
꽃……. 작은 방에 노란색 하얀색 들꽃들이 피어오르고 향

기가 넘친다. 현실의 모든 억압은 무너지고 난 나비가 되어 와인의 두 눈에서 피어나는 제비꽃에 날아가 앉는다. 뜨거운 갈망을 입속으로 불어넣는다.

핑크빛 갈망

어떤 이끌림 때문에 격렬한 입맞춤을 하고 사랑을 불태운다. 새로운 만남에 대한 기대를 떨쳐 버릴 수 없었다. 샘처럼 솟아오르는 뜨거운 갈망에 나 자신을 맡겨 간다. 생명을 안고 사는 인간이기 때문이다. 이성이나 윤리로서도 억제시킬 수 없고 세속적인 부와 권력도 사랑 앞에서는 아무런 가치가 없었다. 옷을 다 벗어버린 원시의 낙원이다. 이 한순간 와인의 무의식은 이해할 수 없는 끈질긴 생명력을 뿜어내고 있다. 희미하게 남아 곧 꺼질 것만 같은 불씨에서 사랑의 불꽃이 활활 타오른다.

"너무 행복해요. 이 순간이 계속 지속되었으면…… 나에게 오르가즘이란 과분한 사치에요. 당신의 육체가 내 몸 속 깊숙이 들어 왔다는 것만으로도 황홀하네요.”

와인은 나의 품속으로 파고든다. 더 꼬옥 안아 달라고 부탁한다.

“ 메일로 나의 핏빛들이 하나씩 벗겨 나가고 당신의 글들이 나의 영혼을 자극하고 오랫동안 벌을 주면서 발가벗겨진 영혼으로 되어 갔어요. 언젠가 얇은 옷들을 벗어버리고 당신 앞에 나체로 서게 되리라고 어렴풋이 예감은 하고 있었어요. 다만 현실이 용납하지 않을 것이고 나의 양심이 도저히 허락하지 않은 일들이지만 핑크빛 피부의 갈망을 나의 무의식이 받아 들인 거죠. 절대자가 허락한 사랑이……. 이대로 누워있고 싶어요. 내 몸 깊숙이 들어온 당신의 생명이 온 몸으로 스며들어가 긴 혈관을 타고 살 속에 알알이 박혀 들어가게요. 나의 긴 혈관이 내가 죽은 이후에도 길게 뻗어나가 먼 미래로의 죽음을 넘어 도도히 흘러가게 되었으면……. 알 수 없는 강한 충동이 나를 이곳까지 날아오게 하는군요. 예전에 고통받았던 죽음에의 강한 유혹과 비슷한 것 같아요. 절대자가 이번에는 나의 간절한 소망을 이루어 주실 것 같아요. 지금 너무 행복하고 황홀감에 젖네요. 어제 보았던 순천만의 흑두루미도 비슷할 거예요. 하지만 흑두루미는 저보다 행복하게 보여요. 내년에도 다시 자유롭게 날아 올 수 있고……

저에게 가슴으로부터 뜨거움을 갖게 하는 당신을 위하여 바다가 보이는 산 속에 작은 오두막을 지을 거에요. 20년 후라도 좋고 30년 후면 어때요? 세상 것들 다 버리고 당신과 함께 그네에 앉아서 해뜨는 것과 해지는 것을 같이 보고 밤이면 촛불 켜고 함께 누워 바다의 울음소리를 들을거에요. 바람에 흔들리는 들풀들을 바라보며 계절의 바뀜을 지킬거에요.

그때쯤이면 늙어감을 서러워하게 될지도 모르겠네요. 아니 적어도 지금처럼 시간이 얼른 가서 빨리 늙어가길 바라진 않겠죠. 서로를 가슴으로 안으며 깊어 가는 주름도 사랑

으로 볼 거구요. 당신의 가슴에 안겨서 마지막 숨을 몰아
쉴 거에요. 꿈같죠? 이루어지지 않을지도 모를 꿈……. 이
제 그만 가세요. 수술시간에 늦지 않게요."

레테의 강물

언제라도 활활 타오를 수 있는 사랑을 가슴에 품고 살아
가는 여자에게 사랑은 죽음보다도 강하다. 불꽃은 신비스
러울 정도로 아름답고 찬란하다. 찬란한 불꽃에서 죽음이
라는 영원을 맛보았을 수도 있다. 여자는 사랑을 위하여 자
신을 던져 버리고 죽음마저도 택할 수 있다. 생명을 잉태하
는 자궁을 가진 여자의 비극적 숙명이다.

아무리 강렬한 사랑이라 하더라도 남자에게는 순간적이
고 일회적이다. 사랑의 불꽃이 꺼진 후 자신을 기다리는 현
실로 돌아올 수밖에 없다. 사랑을 가슴속에 묻어두고 언젠
가 다시 온라인에서 만나자는 말을 차가우면서도 또렷하게

내던진다. 먼 허공을 바라보는 듯한 두 눈동자는 촉촉이 젖어 갔다. 자신의 마음속에 가득히 채워 넣을 수 없는 사랑에 대한 가여운 응시였다. 아직까지 와인의 몸속에는 불꽃의 뜨거움이 식지 않고 있었다. 새로운 남자에게 점점 빠져들어만 가는 자신을 바라보며 나의 조그마한 행복을 지켜 주고자 하는 가느다란 몸부림이다.

잿빛 하늘은 낮게 흐르며 빗방울을 뿌린다. 상사호에서 선암사 톨게이트로 뻗은 길 위에는 떨어진 낙엽들이 바람에 날리고 있다. 평소에 가슴이 아파 잘 듣지 않았던 미완성 교향곡이 흘러나오고 나의 두 눈도 축축하게 젖어간다. 가슴이 텅 비어가며 아픔으로 채워진다. 벗은 채 그대로 누워 내가 방에서 나가는 모습을 보지 않겠다고 얼굴을 돌리고 우는 와인의 모습을 뿌리칠 수가 없다.

소유하지 않으면서도 행복에 겨워하는 와인의 쥬이상스는 무엇인가? 일상적인 성을 초월해 버린 노란 들국화처럼 청초함을 더해간다. 맑은 영혼에 한 점의 얼룩도 남기지 않으려는 도도함은 삶의 외진 그늘로 그녀를 쫓아 보낸다. 외로운 날개로 고통스럽게 파닥거리며 더 높이 날고 그리고 한 점의 바람으로 사라지려는 그녀의 가녀린 소망을 어느 누구도 막을 수 없다. 넓게 펼쳐진 순천만 바다, 갯벌, 갈대밭 그리고 상사호, 낮은 구릉, 소나무, 흰 구름, 불어오는 바람은 어느 누구라도 위로 받고 눈물을 흘릴 수 있다. '와인, 흑두루미를 부러워할 이유가 하나도 없어. 너도 고고한 흑두루미니까.'

선암사 톨게이트를 지나 차는 남해고속도로로 들어서고 상사호의 아픔을 털어 버리려는 듯 가속페달을 힘차게 밟는다. 어두운 순천 터널은 저쪽 현실에서 이쪽으로 넘어오는 레테의 강물이다. 와인과의 사랑은 잊어야 하는지도 모른다. 아니 잊어버릴 수는 없다. 다만 잊어버린양 현실에 충실하여야 한다. 내년 가을에도 흑두루미는 날아올까? 미완성은 영원을 향하여 달리고 비는 점점 세차게 뿌린다.

돌아 왔어요.

두 달이 훨씬 넘도록 비워두었던 집으로.

하루가 넘도록 비행기에 시달리면서 참으로 많은 눈물을 흘렸네요.

아직도 흘릴 눈물이 남아 있다는 게 신기해요.

발끝으로 떨어지는 눈물방울을 억지로 숨기고 싶지도 않아

비행기 화장실로 들어가서는 소리내서 엉엉 울었어요.

빈 가슴은 아닌데 가슴 한쪽에 묻어둔 그 무엇이 더 아프게 하더군요.

인생은 아픔의 연속인지 도무지 헤어나지지 않아요.

햇살이 따가운 게 오늘은 싫어요.

어젯밤 딸이 별 빛 메니큐어를 보러 나가자고 하더군요.

별 보러 밖에 나가자는 말도 뿌리치고 또 하루를 웅크리며 보냈네요.

어째야 좋을지…….

바람은 먼 하늘에서 새어나와 잎사귀 사이를 스치고 지나간다. 뜨거운 여름의 시련에 지쳐 있는 영혼들의 탄식들을 실어간다. 다정한 위로이다. 와인의 탄식을, 그 성장의 아픔들을 속속들이 알고 가슴아파하고 있다. 깊은 애증이나 분노도 없다. 바라보고 쓰다듬고 살며시 그림자에 머물다가 떠나간다. 채워도 채워지지 않는 뜨거운 갈망들을 가슴깊이 간직한 채 멈추지 않고 불어가야만 한다.

우리의 모든 만남이 그렇듯 이별을 잉태하고 있다. 우리가 죽음을 거부할 수 없듯이 떠나감을 거부할 수 없다. 모래를 물에 흔들어 사금을 건져내듯 마지막에 남은 노랫말은 그냥 스쳐 지나갈 바람이다. 그냥 스쳐갈 바람은 어느 누구를 사랑할 자격마저도 박탈당하여야만 하는지…….

영혼과 영혼이 마주치며 빛을 발하고 자신을 잃어버릴 찰나의 순간에 자신을 녹여 한 점으로 사라져 간다. 사랑에 대한 소망을 버리지 않고 자아를 굳게 세우며 쓸쓸히 웃는

다. 와인의 영롱한 핏빛을 슬퍼하고 사랑하고 아무 것도 바
라지 않은 그냥 스쳐 지나갈 바람이 되어간다.

마지막 편지

몇 달 후 와인에게서 메일이 왔다.

절대자가 만나게 허용한 당신을 위해

또 당신과 함께 할 사랑을 위해 고요히 기도를 드립니다.

멀리 떨어져 있는 당신을 눈물로 그리며

작은 가슴이지만 오늘은 당신을 안아봅니다.

함께 흐르는 생을 걸을 수 있다면 더욱 좋겠지만

그럴 수 없는 당신의 입장을 충분히 이해합니다.

포말 역시 영원을 나타내는군요.

내가 자식을 낳고 그 자식이 또 아이를 낳아

최선을 다해 사랑으로 키우는 것처럼 말이에요.

영원이란 단어는

아름다움과 아픔 그리고 슬픔을 함께 가지고 있어요.

우리가 호흡하며 살아가는 동안 다음 세대도 마찬가지고…….

세상에서 벗어나고 싶어 몸부림치기도 하고

너무 행복에 겨워하다가도

어느 순간 자신의 의지와 상관없이

이길 수 없는 불행에 부딪히기도 하고

그러면서 우린 영원의 한 점일 수밖에 없네요.

이젠 제 맘대로 생을 정하지 않으렵니다.

먼 미래로 뻗어난 긴 혈관을 만들고

우리의 사랑이 영원 속으로 흐르도록 할 것입니다.

당신과의 만남, 또 나에게 베풀어준 당신의 사랑

정말 고맙게 생각합니다.

우린 또 만날 겁니다. 그렇죠?

이후 와인은 더 이상 메일을 보내지 않았다. 그리고 수년이 흘러갔다. 견딜 수 없는 침묵이다. 와인과의 만남은 나의 삶에 파도처럼 밀려왔다가 한줄기의 포말로 사라져 갔다.

저 먼 심연에서 만들어진 파도가 밀려오고 하얀 포말이 부서진다. 우리의 삶도 파도이다. 사랑하고 미워하고 기쁘고 슬픈 여러 형태의 파도가 밀려온다. 바닷가에 부서지는 하얀 포말처럼 우리는 사라져간다.

사실 우리는 파도가 만들어지는 심연에 대하여 아무것도 알지 못한다. 파도가 밀려오고 포말로 사라져 간다는 간단한 사실만 알 뿐이다. 파도를 바라보며 마음을 비워간다. 아무 것도 알지 못하는 천진스러움이다. '알 수 없음' 에서 진정한 행복을 찾아나선다.

얼마나 많이 알아야 우리가 행복할까? 영원에 대하여 또는 죽음이라는 순수한 침묵에 대하여 많이 알아야 할 이유는 하나도 없다. 민들레꽃들이 피었다가 지고 하얀 꽃씨를 남기듯이 언젠가 우리도 죽음 속으로 들어간다는 조그마한 깨달음이다.

하루하루 고달픈 삶으로 기쁨과 슬픔이 파도처럼 밀려온다. 파도들은 나의 아픔과 정성이 고이 부어지는 사랑이다. 파도는 쉬지 않고 해변을 어루만지고 포말로 사라져간다. 포말처럼 사라져 갈 자신의 인생을 고이 부어 넣는다.

심연에 가라앉은 잠수함에서 구조를 기다리던 러시아해군 장교는 마지막으로 사랑하는 아내에게 편지를 남기고 죽어갔다. 애절한 사랑이다. 심연 같은 회색의 공간에 갇혀 하루하루 살아가는 우리도 이처럼 사랑을 남기면서 외로이 죽어간다.

사랑으로 단조로운 삶에 부드러운 화음이 일어난다. 죽음에 갇혀 절망하는 우리를 구원해 주는 것은 사랑이다. 하얀 포말이 부서지며 영원에 바치는 파도소리를 남긴다. 파도는 먼 미래로 뻗어난 긴 혈관이다. 사랑이 흘러간다. 아이들은 파도가 밀려오는 바닷가에서 깔깔대고 뛰어 논다.

3 장
욕망이라는 이름의 나비들

성을 규정하는 윤리는 시대와 장소
에 따라 변한다. 인간이 만들어 놓
은 윤리보다 생명의 가치가 더 우
선되기 때문이다. 생명을 잉태하는
어머니들의 마음도 조물주의 마음
과 흡사하다. 각자에게는 거스릴 수
없는 생명의 존엄이 깃들어 있다.

꿈이 없는 영혼

인간으로 살아있음은 고해의 바다를 벗어날 수 없음을 의미한다. 채워지지 않는 탐욕과 정욕은 뱀처럼 곳곳에서 우리를 유혹하고 있다. 물질문명의 발달은 우리들의 삶에 회색의 권태를 덧씌우고 있다. 뜨거운 정욕이 남긴 어지러운 자취들을 허탈과 두려움으로 바라본다.

자유가 없는 육체, 꿈이 없는 영혼은 피곤하기만 하다. 공허한 소유를 위하여 소중한 영혼과 자유를 바쳐 버렸다. 피곤과 절망으로 얼룩져 있는 삶이다. 삶은 점차 생기를 잃어가고 한줄기의 사랑을 찾아 헤매고 있다. 그러나 사랑은 우리를 반겨주지 않는다.

사랑이 메말라버린 차가운 거리의 한구석에서 꿈을 꾼다. 나비가 되어 행복하게 날아가는 꿈이다. 사랑이라는 환상을 쫓아 나비가 되어 날아오른다. 나비가 되어 우아한 날갯짓으로 하늘을 날아다니는 것은 절망한 영혼에게 큰 위로이다.

시커먼 어둠 속에서 울려나오는 목소리는 영혼을 빼앗을 정도로 아름답게 들려온다. 불륜이 안겨주는 은밀한 아름다움에 빠져 들어간다. 금지된 사랑은 괴로운 현실을 잠시 벗어나는 비상구이다. 나비는 타오르는 성냥불빛이 만들어 내는 환상의 세계에 사뿐히 내려앉는다.

그러나 나비가 기껏 찾아 날아간 그 곳도 편히 쉴 곳은 아니다. 나비는 자유롭게 날아오르지만 또 다시 방황하고 이내 피곤에 지쳐간다. 공허한 삶에서 나비가 편안히 안식을 취할 곳은 없다. 포구의 조각배가 닻을 끊고 망망대해로 흘러나와 느끼는 처절한 고독감이다.

사랑이란 아지랑이처럼 손에 잡을 수 없다. 모든 존재가 원초적으로 느끼는 결핍이다. 바다 위를 날아가는 흰나비, 조각배… 이것이 나의 모습, 당신의 모습이다.

사랑은 일회용?

성이 자유로워진 사회의 급격한 변화를 우리는 불안한 눈으로 바라본다. 성적인 자유를 무한정 누릴 수만은 없다. 아무리 성적인 자유가 보장된다하더라도 연애나 불륜이 무한정 허용되는 것은 아니다. 사회적으로 생물학적으로 한계가 있기 마련이다.

본능적인 욕구의 추구에는 사회적 재화를 필요로 한다.

멋진 연애를 위해서나 뜨거운 불륜을 위해서 일정 정도 돈이 들어가기 마련이다. 극단적으로 돈이 없으면 사랑도 이루어지지 않는다. 또한 성적 욕구의 충족에는 생물학적으로 많은 에너지를 필요로 한다.

멋진 사랑을 꿈꾸지만 누구에게나 쉽게 다가오지 않는다. 가슴 한복판에 자리잡고 있는 뜨거운 본능은 무의식의 세계에서 우리들을 조종하고 있다. 사랑은 쾌락을 안겨주고 매일매일 열심히 살아가게 하는 동력이 된다. 삶의 행복이나 달콤한 사랑을 위하여 개미처럼 부지런히 움직여야 한다. 사랑에 취하고 그 사랑을 소유하고 싶으면 열심히 돈을 벌어야 하는 현실이다. 사랑에 합당한 보상을 하여야 한다. 사랑도 거래이다. 육체를 혹사하여 몇 푼의 보상을 받아 허기진 욕망들을 달래준다.

문제는, 물질을 풍족하게 소유하여도 우리가 행복해지지 않는다는 것이다. 사랑은 잡히지 않는 아지랑이 같은 환상이다. 잡을 수 없는 블랙홀이다. 피곤한 우리에게 주어지는 달콤한 사랑은 외로운 존재의 위로이다. 그런데 왜 사랑은 일회용 인스턴트일까?

하얀 달이 먹구름 속에서 밝은 빛을 내며 흘러나온다. 불쌍한 성냥팔이 소녀처럼 사랑의 환상들을 피워 올린다. 하얀 달빛처럼 사랑이 피어오른다. 뜨거운 본능은 심연에서 소용돌이치면서 올라오고 모두 소리 없이 빠져 들어간다. 그 타오르는 불꽃에 자신들을 태워 올린다.

꽃들의 죽음

꽃들이 때에 맞추어 피어나고 있다. 그리고 또 때에 맞추어 시들어간다. 꽃들도 흐르는 구름처럼 한순간에 머물러 있지 않는다. 바람에 날려 떨어져 간다. 우리들의 뜨거운 사랑도 꽃처럼 시들어가고 가볍지 않은 흔적들을 휘날린다.

허기에 찬 갈증으로 육체의 쾌락을 갈구하는 강렬한 리
비도는 활짝 피어난 동백꽃들처럼 붉었다. 꽃들이 활짝 피
어나는 모습은 성이라는 비상구를 통하여 영원으로 들어가
려는 인간의 갈구처럼 느껴진다. 너무 붉어서 비애감마저
감도는 열정이다.

부풀어 오르는 꽃망울들은 사랑으로 얻어지는 한 방울의
쾌락이다. 무수히 동백꽃들이 피어나고 한 아름의 쾌락을
안겨주었다. 그리고 또 시들어갔다. 한꺼풀 한꺼풀 벗겨 간
꽃망울의 안쪽에는 아무 것도 없는 공허다. 꽃들이 우수수
떨어진다.

화사하게 피어난 철쭉꽃 옆으로 시들어 떨어진 동백꽃들
이 나뒹군다. 불륜의 긴 굴뚝에서 방황하며 자신의 온 몸에
묻어 있는 재투성이다. 작은 죽음들이 하나씩 떨어지며 바
닥을 붉게 물들인다. 그녀의 몸에서 벗겨져 나간 환희의 흔
적들이다.

한줄기의 불꽃으로 타오르지만 구원을 얻지 못한다. 절망에 지친 그녀는 점점 죽음으로 가까이 다가간다. 동백꽃들이 떨어져 가듯 그녀가 피어 올린 사랑의 꽃들도 죽음에 이른다. 그녀의 몸에서 떨어져 나간 꽃들은 시대의 처녀막을 뚫고 기어들어오는 기다란 뱀으로 변하였다.

흐르는 시간 속에서 꽃들이 피고 시들어 가는 것처럼 일정한 윤리적인 틀로 성적 가치관을 규정지을 수 없다. 어떤 기준으로 살아가야 할지 혼란스러운 시대이다. 어제의 윤리가 오늘의 윤리일 수는 없다. 그러나 꽃들이 피고 지는 것처럼 자연의 순리에서 벗어나 살 수는 없다.

성은 영원한 생명의 기초 위에서 이루어져야 하며 탄생과 죽음, 쾌락과 고통을 동시에 느껴야 한다. 그녀의 외로운 영혼이 방황을 끝내고 꽃들의 죽음에서 평안한 안식을 얻는다. 아무것도 갈망하지 않는 비워버림이다. 붉게 타오르고 싶은 욕망마저도 다 사라져 버리는 블랙홀이다.

죽음은 쉬지 않는 윤회의 고리로서 영원으로 들어간다. 갈색으로 변해가는 동백꽃들의 무덤에서 언뜻언뜻 한줄기 사랑이 보이는 듯하다. 결국 성과 사랑과 죽음은 한곳에서 만나게 된다. 침묵 속에서 또 꽃들이 피어난다. 흰 구름도 고요히 흘러간다.

죽음의 끈

노란 민들레꽃들이 떨어진 꽃망울 사이로 피어난다. 아무도 눈길을 주지 않지만 봄의 길목을 지키고 있다. 꽃이 지고 솜털 같은 꽃씨가 맺어진다. 꽃의 탄생과 죽음 사이에 가느다란 실오라기가 만들어진다. 바람에 날리는 가느다란 실오라기 같은 생이다.

한순간의 삶을 영위하는 들꽃들도 우리와 마찬가지로 영원으로부터 잉태되어졌다. 그리고 죽음이라는 영원으로 들어간다. 어머니가 죽음으로 들어가듯 자식인 나도 죽음으로 들어가야 한다. 도저한 자연의 섭리를 거부할 수 없다. 우리의 삶도 바람에 덧없이 날려 가는 민들레 씨앗 같은 실오라기이다.

꽃이 피고 지면서 영원을 노래하듯 우리의 자취 뒤에는 끈질긴 죽음의 끈이 꼬아져 나오고 있다. 또 먼 훗날 나의 자식들도 죽음으로 들어가 죽음의 끈을 꼬아간다. 죽음은 무가 아니다. 그 어떤 허무도 아니다. 영원에서부터 영원으로 이어지는 한줄기의 끈이다.

봄날 활짝 피어나는 꽃처럼 한 여인에게도 뜨거운 사랑이 있었다. 그리고 생명을 잉태하였다. 새로운 생명은 어머니의 품 안에서 자라난다. 어머니가 죽어간다면 뱃속의 아이도 죽음으로 들어간다. 축축한 자궁에서 자라나는 어린 생명은 죽음을 강요당한다.

홀로 타오를 수 없는 생명의 불꽃은 희미하게 꺼져가고

죽음 속의 죽음으로 이어진다. 하나의 꽃이 피어나고 그 다음 꽃으로 피어나는 그 연결이 끊어져 간다. 어머니 꽃, 자식 꽃이 한순간에 지는 것은 화창한 봄날 모든 꽃이 한꺼번에 피었다가 일시에 시들어버리는 것과 같은 서글픔이다.

계절에 따라 무수히 꽃은 피고 또 진다. 목련꽃, 개나리꽃이 피어나고 또 다시 화려한 벚꽃이 꽃망울을 터트리며 영원을 노래한다. 저 먼들에서 사랑의 노랫소리가 들려오듯 화창한 봄날 꽃들은 차례차례 피어난다.

하늘이시여

길가에 민들레가 노란 꽃을 피운다. 척박한 땅에서 아름다운 꽃들이 피어나는 것이다. 아기들이 태어난다. 이런저런 이유로 아이낳기를 피하는 조류 때문에 아기들은 더욱 귀한 존재가 되었다. 모든 생명체는 아기처럼 티없이 방실 방실 웃어야 한다. 아기는 침묵의 저편에서 생명체로 피어올라 어머니의 자궁에서 보낸 세월이 무척 행복하였으리라.

먼 시간을 거슬러 올라가 해부학 실습시간에 어머니의 자궁 속에 들어있던 태아의 모습은 지금도 가슴이 아프다. 차가운 실험대 위에 누운 어머니의 주검 속에서 생명으로 피어나지 못한 안타까움은 말할 수 없다. 차라리 민들레꽃으로라도 피었더라면 행복하였을 텐데…….

바깥세상을 한번도 보지 못하고 죽음으로 들어간 아가의 불행을 말하고자 하는 것은 아니다. 짧게 살건 길게 살건 그것 역시 하늘의 뜻이겠지만 어머니와 아가를 묶고 있는 그 질긴 끈을 이야기하고 싶다. 어머니의 죽음이 아가의 죽음으로 이어지는 그 죽음의 끈 말이다.

먼 과거에서부터 먼 미래까지 도도한 생명의 흐름이 있다. 양파껍질 같은 생명의 끈이다. 어머니가 아가를 안고,

또 먼 훗날 아가가 또 아가를 안고 있다. 생명의 끈은 다르게 보면 죽음의 끈이기도 하다.

한 순간 쾌락을 위하여 나의 영혼이 더럽혀진다면 자식들의 영혼도 더럽혀진다. 여린 가슴에 남긴 정신적인 상흔들은 먼 미래까지 흘러가는 긴 혈관 속에 그 아픔들을 생생히 새겨놓는다. 우리가 영원을 살아가고자 한다면 자식들의 맑은 영혼을 위하여 살아가야 한다.

우리가 일평생 무수한 슬픔과 기쁨을 맛보며 생의 껍질을 벗겨가지만 그 중심에는 끝이 없는 공허가 있다. 생명의 근원은 우리가 잡을 수는 없고 그저 바라보는 것이다. 그러나 먼 과거에서부터 미래로 흐르는 도도한 생명의 흐름은 느낄 수 있다. 사랑이란 생명의 흐름에 자신의 정성을 부어바치는 것이니까.

우리가 주체할 수없는 욕망들을 억제하며 살아가는 이유는 나에게서 미래로 흘러가는 피의 흐름을 깨끗하게 하기 위해서이다. 미래를 살아가야 할 자식들의 행복을 위해서인 것이다. 과거로부터 내가 받아야 했던 상처들을 다시 자식들에게 넘겨 줄 수는 없다.

얼마전 인기리에 방송된 연속극인 ‘하늘이시여’를 생각해보자. 우리는 사생아를 낳아 버린 어머니의 눈물에 안타까워했지만 실은 그 딸이 받아야만 하였던 죽음 같은 고통들은 어떻게 보상해야 할까.

사랑하고 헤어지고, 또 불륜이라는 금지된 사랑이 어떠한 결말을 맺어야 하는지 정답은 없다. 하지만 세월이 흐르고 잘못된 사랑의 아픔이 먼 미래 자식들의 삶을 지배한다는 것을 생각한다면 가벼운 충동으로 욕망에 따라가는 어리석음은 피하여야 한다. 하늘이시여, 알 수 없는 생명의 근원을 향하여 고요히 기도드린다.

죽음의 열병

　나의 시작은 어머니의 자궁에서 탯줄을 끊고 태어난 날이었을까? 어머니의 난자와 아버지의 정자가 수정되어진 그때부터 우리의 생명은 영원에서 끄집어 올려졌다. 자궁 속에서 나의 자유의사는 무시된 채 어머니 신체의 일부로서 자라나고 있었다.

　나의 생명의 두 근원인 정자와 난자는 어디에서부터 시작된 것일까? 생명의 불을 끄지 않고 전달시키기 위하여 조물주의 준비는 용의주도하였다. 이미 아버지 또는 어머니가 잉태되어진 순간부터 나의 존재를 위한 정자와 난자는 준비되어졌다. 나의 탄생을 위한 조물주의 준비는 한 치의 오차도 없이 진행되고 있었다. 결국 그 먼 영원으로부터 생명의 불은 전달되고 있었다. 먼 과거로 거슬러 올라가 인류가 시작되었던 영원으로부터 내가 시작되었다고 한다면 지나친 억지일까?

　나의 존재는 Sex를 통하여 영원이라는 망각의 저편에서 끄집어 올려졌으며 죽음을 통하여 망각의 저편으로 사라지게 된다. 시작이 있다고 느낀다면 인생의 끝인 죽음도 바라보아야 한다. 나는 어디에서 흘러 나와 어디로 흘러가고 있는지의 철학적인 문제에대해서도 고뇌하여야 한다.

죽음과 같은 절망감을 느낄 때 Sex에 탐닉하여 환희를 느끼고 새로운 희망을 바라볼 수도 있다. Sex는 윤회의 길목에 자리를 잡고 삶과 죽음을 동시에 바라보며 양쪽을 포용하고 있다. 그러므로 육체적인 향연의 뒤끝엔 죽음같은 쓸쓸함이 스며 나온다.

절망한 현대인들이 탐닉하는 생명이 없는 Sex가 안겨주는 환희는 순간적으로 지나간다. 신기루 같은 환상이다. 추위에 지친 성냥팔이 소녀가 한 개비 한 개비 피어 올리는 성냥불과도 흡사하다. Sex는 노을처럼 타오르는 죽음의 열병이다. 노을이 빨갛게 타오르고 어둠을 검은 재처럼 흩날린다.

생명의 잉태

쉼 없이 파도가 밀려오듯 새로운 생명들이 태어난다. 생명의 잉태를 준비하는 Sex는 황홀한 작은 죽음으로 우리를 끊임없이 유혹하고 있다. Sex에 대한 강렬한 집착은 우리의 냉철한 이성으로도 억제되어질 수 없다. 이 세상에 살아있는 한 본능적이며 자연스러운 현상이다.

파도가 만들어지는 심연에 대하여 아무것도 알 수 없는 것처럼 Sex도 마찬가지이다. Sex는 우리가 설명할 수 없는 형이상학이다. 누구에게나 불어오는 바람이다. 프리섹스 시대에 성의 풍습이 혼란하고 국회의원들의 성추행이 정치 문제화되지만 그 명확한 윤리적 기준은 아무도 모른다.

죽음이 악이 아니듯 Sex가 악이라는 단순한 이분법론적인 억압은 아무런 도움을 주지 못한다. 파도가 포말로 사라지는 죽음이 있듯 Sex가 우리를 영원 속에서 숨 쉬게 한다. 우리는 바람처럼 흘러가면서 사랑을 하고 Sex를 나누며 희열에 떤다.

Sex를 통하여 정자와 난자가 만나고 영원으로부터 생명이 잉태된다. 우리의 존재는 흔히 생각하는 것처럼 쉽게 시작되지는 않았다. 정자와 난자의 만남은 생명의 영속성을 위하여 너무도 절묘하다. 생명의 본질인 정자와 난자는 몇 겹의 안전장치 속에서 보호되고 있다.

생명의 탄생에는 꼬리가 달려 물속을 헤엄쳐 가는 2-3억 개 정도의 정자가 동원되어진다. 정자가 여성의 몸 안에 뿌려진 후 난자의 표면에서 발산되는 특수단백질의 신호에 의하여 정자들은 난자를 향하여 공격적으로 돌진한다. 성인의 몸 길이로 환산하면 200km나 멀리 떨어져 있는 머나먼 길이다.

2-3억 개의 정자들 중 난자에 먼저 도착한 정자가 생명으로 선택되는 것은 아니다. 난자는 생명의 정상에 서서 머나먼 길을 헤치고 온 튼튼한 정자 하나만을 선택한다. 난자가

수많은 정자들 중에서 단 하나만을 선택한다는 것은 여성의 숙명으로 이어진다.

여자의 성은 선택하는 성이다. 반면에 남자의 성은 공격하는 성이다. 아마 특별한 선택의 기준은 생명의 영속성을 위한 조물주의 이기적인 선택일 것이다. 생존의 필요에 의하여 어떤 정자를 선택하여 난자와 결합시키고 생명으로 승화된다.

조물주의 마음은 온통 우리의 존재에 대하여 우선적인 가치를 준다. 생명의 영원한 유지를 위하여 선과 악이 혼재하고 자애로움과 표독스러움의 온갖 변덕을 부리고 있다. 조물주의 영악한 선택 때문에 Sex에 대하여 우리가 언제나 혼란스러운 것이다.

Sex를 규정하는 윤리도 시대와 장소에 따라 변하고 또 변한다. 인간이 만들어 놓은 윤리보다는 생명의 가치가 더 우선되기 때문이다. 생명을 잉태하는 어머니들의 마음도 조물주의 마음과 너무 흡사하다. 이렇듯 살아 숨을 쉬는 우리는 영원의 표현이며 각자에게는 생명의 존엄이 깃들어 있다.

사랑의 비극적 종말

한 젊은 남자가 실연의 아픔을 못이겨 달려오는 전동차에 몸을 던져 스스로 목숨을 끊었다. 더구나 상대 여자가 출근하는 전철역에서 '전동차에 뛰어들 테니 봐라' 는 내용의 문자메시지를 보냈다고 한다. 생각만 하여도 끔직한 비극이다.

피 냄새가 진동하는 광적인 사랑의 비극적 결말이다. 사랑이란 뜨거운 열병이다. 사랑의 열병에 빠지면 그 결과를 아무도 예측하지 못한다. 이렇듯 비극적으로 자신의 목숨을 끊어 버릴 수도 있는 열병이기 때문이다.

　사랑의 시작은 정말 우연하게 시작된다. 한 눈에 느껴지는 어떤 떨림들이 단초가 되어 어쩌면 대수롭지 않게 넘어갈 수도 있다. 그러나 만남이 계속되고 서로 정이 쌓여간다. 나에게 찾아온 한번뿐인 사랑이라고 확신한다.

　서로 사랑한다고 하지만 사랑의 강도에는 차이가 있게 마련이다. 우스운 것은 사랑을 적게 하는 자가 그 사랑의 왕국에서 군림하는 절대자가 되는 것이다. 사랑에 빠져 이별을 두려워하는 자가 초라한 종으로 변해간다. 초라한 종은 사랑을 바라보며 사랑은 초라한 인생을 아름답게 하는 절대적 가치라고 위로한다. 사실 사랑은 환상일 뿐이다. 잡으려면 잡히지 않고 그 끝에 아무것도 남아있지 않는 공허이다. 하지만 속으로 비극을 잉태하고 있다.

　거기에다 사랑에 빠진 자는 상대방을 미화하고 신격화한다. 우상 앞에 점점 자신의 존재는 사라진다. 자신이 환상으로 쌓아 올린 사랑이라는 그 거대한 성에서만 자신이 숨을 쉬고 존재할 이유를 찾게 된다.

이런 사람들에게 사랑이 없는 삶은 무의미하다. 사랑에 더욱 더 집착하게 된다. 오히려 무서운 집착은 사랑을 위태롭게 한다. 점점 따스함과 상쾌함을 잃어간다. 상대방은 악마적 분위기를 참지 못하고 이별을 제의한다.

사랑은 소유가 아니고 더더구나 악마적 집착은 아니다. 이것은 여자건 남자건 마찬가지이다. 시대가 빠르게 변화하고 인권이 신장되고 평등사회가 이루어지고 있다. 모두들 바람처럼 자유로운 삶을 살고 싶어 한다.

사랑이라는 올가미, 정조라는 영혼의 올가미조차도 의미가 쇠퇴해 가고 있다. 쉽게 만나고 또 쉽게 헤어지는 세상이다. 이별, 이혼, 낙태, 불륜까지도 자유로운 세상이다. 자유가 아니라 방종에 가까운 무절제일 수도 있다. 죽음까지도 함께 나눈다는 로미오와 줄리엣의 이야기는 가슴 뭉클한 고전으로 남았을 뿐이다. 혼전동거가 늘어나는 프리섹스 시대에 상대방을 끝까지 소유하려는 억압적 사랑은 비극으로 끝나기 마련이다.

　사랑에 있어서, 특히 불륜으로 시작된 집착은 무섭다. 변심한 연인을 칼로 찔러 죽이기도 한다. 젊은 사람이나 나이든 사람이나 마찬가지이다. 55세 여자운전수가 변심한 연하의 정부를 살해한 사건도 최근 있었다. 끝 모를 상실감과 질투심 때문에 배신한 연인을 살해한다. 아니면 차라리 자신의 목숨을 끊어 버린다. 결국 사랑이 지옥과 같은 증오로 변한 것이다. 무서운 앙갚음이다. 처절한 복수극이다. 차라리 뜨거운 사랑에 빠지지 않았더라면 하는 아쉬움이 크다. 광적인 사랑도 질병이다. 죽음에 이르는 무서운 병인 것이다. 그렇다고 그 사랑을 피할 수도 없다. 운명론적이다.

　아름다운 사랑이란 자유롭게 불어가는 바람이다. 사랑의 끝에 오는 이별을 두려워하지 않고 담대하게 아픔들을 받

아들인다. 어느 시인의 말처럼사랑하고 싶은 자 사랑하고,
떠나고 싶은 자 조용히 떠나가게 하라.

낙엽처럼 떨어지다

가을이 가고 있다. 얼굴에 와 닿는 차가움은 가슴의 한쪽
을 비워간다. 쓸쓸함이다. 세월이 흘러감을 거부할 수 없는
것처럼 가슴에 고이는 외로움도 떨쳐 버릴 수 없다. 이 가
을날 서로 위로하고 살아있음을 따스하게 느끼고 싶다. 여
름의 울창한 잎들은 가을이 되면 낙엽으로 사라져가야 한
다. 이러한 자연의 이치를 우리는 잘 알고 있다. 그러면서
도 가을이 올 때마다 가슴을 졸이며 떨어지는 낙엽들을 바
라본다. 똑같은 가을이 오고 가지만 느끼는 감정은 나이가
들어감에 따라 조금씩 변해간다.

나이가 들면서 외로움을 느끼고 쓸쓸하다는 것은 모두에

게 다 똑같다. 공평하다. 다만 서로 숨기고 있을 뿐이다. 아무리 권력이 많아도 재산이 많아도 흘러가는 세월이 주는 쓸쓸함은 모두에게 마찬가지이다. 더구나 이 가을날 느끼는 사람들의 쓸쓸함은 각자 그 깊이를 헤아리기 힘들다. 우리의 쓸쓸함은 나만의 비밀이 아니다. 나약함도 아니다. 살아있는 인간이기 때문이다. 외로워하고 때로 절망한다. 이 가을 속에서 절망하는 자 절망하여야 한다. 스스로 절망의 고통을 헤쳐 나가며 그 한가운데 무엇이 있는지 만져 보아야 한다.

사회적 지위라는 것이 우리가 속고 있는 종이계급장이라는 것을 알았을 때 우리는 또 한번 깊은 절망에 빠진다. 허위의 삶들은 낙엽처럼 날려가고, 남아있는 나의 본질적인 삶이 더욱 소중하다. 포기할 수 없는 소중한 삶이다. 가을날 바람에 날려가는 낙엽을 바라보며 호흡하고 있는 나 자신을 발견한다.

나의 텅 비어버린 가슴을 채워줄 따뜻한 사랑이 그리워진다. 그 사랑으로 나의 정체성을 찾아가는지도 모른다. 중년의 남자들이 젊은 여자와 사랑에 빠져드는 것은 자신을 파괴하는 절망에서 벗어나려는 가녀린 몸부림이다. 떠나간 옛사랑의 정취를 찾기 위한 리허설이다.

휘황찬란한 우상

하루하루 조그마한 몸짓들이 시대의 커다란 광목을 짜고 또 복잡한 무늬를 그려 나간다. 하루하루의 삶 속에서 우리가 어떻게 살아야 하고 무엇을 위하여 노력을 하여야 하는지…… . 덧없이 흘러가는 시간 속에서 가느다란 불안을 느낀다. 따뜻한 위로의 말도 한조각의 사랑도 잡을 수가 없다.

우리의 피곤한 삶 속에 낭만적 사랑

에 대한 신화는 어느덧 사라져 버린 듯하다. 우상들이 지배하는 현대사회라는 커다란 우리에서 자유로운 영혼은 사라진다. 바람 같은 자유가 억압되어지고 있다. 그냥 바라보며 떠밀리듯 흘러가고 있을 뿐이다.

진실한 존재가 아닌 공허한 소유를 위하여 우리의 조그마한 자존심마저도 덧없이 바쳐 버렸다. 성과 물질이라는 허깨비같은 우상들은 우리에게 따뜻한 위로이다. 더 잘 살고 더 출세하고 싶어한다. 흡사 마약중독자처럼 그 찬란함에 중독되어 간다. 그러나 사랑의 결핍은 언제나 마찬가지이다.

커다란 동굴 같은 공허한 마음을 채우기 위하여 성에 탐닉하고 술에 취한다. 백화점, 대형마트에서 미친 듯이 소비한다. 꿈도 사랑도 할인매장에서 돈 주고 사야만 하는 물건들과 같다. 그 화려한 포장 속에는 우리가 손으로 잡을 수 없는 공허함과 배고픔으로 가득 차 있다.

보리밥 같은 존재의 진실은 사라지고 새우깡 같은 순간

의 달콤함만 남는다. 진정한 위로와 안식이 없다. 우리는
깊이 잠들지 못하며 남에게 보이는 허위의 삶을 영위해 간
다. 나를 위한 한마디의 위로도 없이 피곤에 지쳐 꿈을 꾼
다. 추운 겨울에 꾸는 찬란한 봄의 꿈이다.

　꿈은 깨어지고 차가운 현실은 계속 되어진다. 영원한 안
식 같은 잠을 자고 싶고 가벼운 바람처럼 멀리 떠나고 싶
다. 차라리 흙 토방에 주저앉아 보리밥이라도 배부르게 먹
는 것이 더 나을 수도 있다. 한 사발의 텁텁한 막걸리라도
쭉 들이키고 싶다.
　애드벌룬 같은 우상이 지배하는 사회에서 사랑은 메마르
고 그 갈증으로 우울은 깊어만 간다. 긴 방황의 끝에 드디
어 우상은 사라지고 도살장 같은 죽음이 기다리고 있을 뿐
이라는 걸 아픔으로 느낀다. 진정 위로해주고 싶고 함께 술
한잔이라도 나누고 싶은 밤이다.

우울증의 사회화

모두가 가난에서 벗어나 어느 정도 물질의 풍요를 누리고 있다. 그러나 우리의 삶은 여전히 공허하고 허기에 차 있다. 물질이 진정한 위로는 아니다. 우리의 삶 뒤에는 시커먼 절망이 호시탐탐 웅크리고 앉아 있다. 무한경쟁사회에서 삶은 활기를 잃어가고 점점 메말라간다. 영혼은 한숨 짓고 어두운 그림자처럼 우울은 커져간다.

가까이 지내는 한 여교수는 사소한 일로 일주일 이상 잠도 못자고 우울해한다. 남편이 큰 회사 사장이고 경제적 사회적 지위도 높은 편이다. 밖에서 볼 때는 행복하게 보이는데 안으로는 마음의 병이 깊다. 불만이 있어도 속으로 꾹 참고 밖으로 내색을 안 한다. 오가는 말 중에 '이제는 누가 쳐다보지도 않는다' 는 상당히 자조적인 표현을 스스럼없이 내뱉는다. 그렇다. 모두 놀랐다. 밖으로만 초연해 보일 뿐, 외로움에 절어 있다.

물질이 넘치고 유희거리가 도처에 깔려 있는 삶이지만 우울한 사람들이 너무 많다. 가족도 성가스럽고 친구도 귀찮다. 경쟁적 인간관계, 직장에서의 스트레스, 인간적 관계의 악화 등 현대 사회의 여러 문제 때문에 우울증은 날로 많아지고 있다. 더구나 누구나 걸릴 수 있는 병이기에 이 우울증을 '마음의 감기'라고 부르기도 한다. 참으로 딱 떨어지는 표현이다.

최근 우울증 환자들이 눈에 띄게 늘어가고 있는 이유는 인터넷의 보급 때문이기도 하다. 손쉽게 얻어낼 수 있다는 것도 결정적인 이유이고, 정당한 보상이 주어지지 않는 지금 사회가 건강한 사회가 아니라는 점을 반영한다.

최근의 연구들을 보면 우울증 환자들의 뇌 안에는 뇌활성 물질, 특히 세로토닌의 변화가 있다는 것이 증명되고 있다. 실제로 우울증은 당뇨병, 심장병, 암과 같은 기존 질환에 영향을 미치고 나아가 악화시키는 방아쇠 역할을 하는 것으로 알려지고 있다.

실제로 우울증은 높은 자살율 때문에 그 어떤 병 못지않게 높은 '치사율'을 기록하고 있는 형편이다. 유명한 젊은 여배우의 자살이 불러일으킨 사회적 반향은 놀라웠다. 통계에 따르면 우울증 환자의 15-20%가 자살을 시도하며, 연간 자살자의 70-80%가 우울증 때문인 것으로 알려졌다. 문제는 환자들의 대부분이 우울증을 가볍게 여기고 적극적으

로 치료에 나서지 않고 있다는 점이다. 우울증은 빨리 치료 받을수록 효과가 크다. 또한 한번 치료로 끝나는 것이 아니라 꾸준히 치료받아야 재발을 막을 수 있을 정도로 만성적이다.

우울증이 심화되면 그 사람은 인생을 점점 가치 없는 것으로 느끼게 된다. 또 치료로부터도 멀어져 가게 된다. 이 악순환의 고리를 끊고 치료를 받아야만 생에 대한 열정, 안정감, 인생의 가치 같은 것들이 살아나게 된다.

우울증 환자들에게 가족은 물론 사회적 관심과 애정이 절대적으로 필요하다. 따뜻한 사랑을 나누는 사회를 만드는 것이 그래서 중요하다. 이미 선진국들 역시 우울증 등의 정신질환에 대한 심각성을 느껴 사회적 차원의 대처를 요구하는 여론이 형성되고 있다. 이제 우리나라도 우울증을 사회적 차원에서 대처해야 할 때이다.

우울증과 성

발기부전이란 발기 메커니즘의 고장으로 인해 음경의 발기가 불충분한 병적인 상태를 말한다. 발기력이 떨어지기 시작했다는 것은 혈액순환에 문제가 생겼다는 것으로, 성인병이 발병했거나 발병할 가능성이 높다는 건강의 적신호로 받아들여야 한다.

발기부전은 80%가 고혈압, 고지혈증 같은 심혈관계 질환, 당뇨병 등이 원인이며, 나머지 20%는 심리적인 요인에 기인한다. 또 과도한 스트레스와 음주, 흡연 등도 중요한 원인 중 하나다. 뿐만 아니라 요즈음 늘어나는 우울증도 발기부전 확률을 2배 정도 높인다.

우울증 환자들의 생각은 '사랑받을 수 없다는 것'과 '아무것도 할 수 없다'는 것으로 요약할 수 있다. 본인이 사랑받을 자격이 없고 아무 것도 할 수 없다는 생각 때문에 뜨거운 섹스를 기대한다는 것은 어려운 일이다. 이처럼 우울증은 성적인 기능에 막대한 악영향을 미칠 수밖에 없다.

또 한 가지 중요한 것은 발기부전이나 불감증 같은 성기능 장애 때문에 우울증이 올 수 있다는 것이다. 성적인 기능이 따라오지 못할 때 우울한 것은 당연한 이치다. 이것은 닭이 먼저냐, 달걀이 먼저냐 하는 문제와 같은 것으로 정신과나 비뇨기과, 산부인과 전문의들도 감별하기가 어렵다. 그래서 남성 건강의 적신호로 표현되는데, 특히 40, 50대의 약 43.4%가 발기부전을 앓고 있다. 40, 50대 2명 중 한 명이 이에 해당하는 셈이다. 현재 발기부전 질환의 치료율은 전체 환자의 10%에도 미치지 못한다.

발기부전의 치료율이 낮은 이유는 성을 금기시하는 사회 풍토와 환자들이 증상을 일시적인 것으로 여기고 발기부전 환자라는 사실을 인정하려 하지 않기 때문이다. 그러나 발기부전은 더 이상 부끄러워할 병도 불치의 병도 아니다. 더구나 남성의 문제에 국한되는 것도 아니다. 사랑하는 배우자의 만족스런 성생활을 위해서도 적극적으로 치료해야 한다.

성생활은 파트너를 전제로 한 것이므로 발기부전은 원만한 가정생활에 부정적 영향을 미쳐 부부관계나 가정 파탄의 주범이 되기도 한다. 따라서 환자 자신부터 발기부전에 대해 올바로 이해하고, 의사 및 파트너와의 충분한 대화를 통해서 치료하도록 해야 할 것이다. 비아그라 뿐 아니라 레비트라, 시알리스 등 최근 발기부전 치료제의 선택 폭이 넓어지고 있다. 환자들은 효과 시간이 긴 치료제를 선호한다.

섹스는 분명히 하나님이 우리에게 부여한 아름다운 선물이다. 우리는 이런 즐거움을 누릴 자격과 권리가 있다. 우울증은 인생에서 이러한 즐거움을 앗아가지만, 그렇다고 영원히 빼앗긴 것은 아니다. 통계를 보면 우울증은 70~80% 이상이 치료될 수 있다. 항우울제 약물을 복용하고 의사와 '면담'을 통해 인지행동치료를 받는다면 그리 어렵지 않게 회복될 수 있다. 누구나 살다보면 우울증에 걸릴 수 있다.

잠시 고통을 받을 수는 있지만 결코 해결하지 못할 병은 아닌 것이다.

섹스리스 부부들

결혼한 지 1년 6개월 된 젊은 부부가 결혼 기간을 통틀어 가진 부부관계 횟수는 고작 10여 번. 남편은 아내와의 잠자리는 아예 안중에도 없는 듯 퇴근을 하면 다음날 새벽까지 인터넷 사이트를 보는 데 여념이 없었다. "연애할 때 남편이 인터넷에 빠져 있다는 건 알았지만 부부생활이 불가능할 정도일 줄은 미처 몰랐다"며 "결국 이혼해야 하지 않겠느냐"면서 젊은 아내는 괴로워했다.

"요즘 성관계가 통 없었어요. 사랑이 식은 것은 아닐까요"하며 진료실을 찾아오는 부부들이 많다. 일반적으로 남녀가 부부가 되어 한 집에서 살면 당연히 성행위가 동반된다고 본다. 그러나 특별한 사정이 없는데도 부부가 2개월간 성행위 횟수가 '월 1회 미만' 혹은 성관계를 전혀 갖지 않았고, 앞으로도 상당기간 없을 것으로 예상되는 경우를 섹스리스로 의학계에서는 규정하고 있다.

조사결과 섹스리스 부부가 11.0%였다. 이웃집 부부 10쌍 중에 한 집은 성관계가 위태위태한 것이다. 일본의 16~49세 남녀 1500여 명을 조사한 결과 3명 중 1명이 한 달 이상 성관계를 갖지 않는 '섹스리스' 상태인 것으로 나타났다.

섹스리스 증가 이유로는 '섹스를 하는 게 귀찮아서'가 50.0%로 가장 높았다. 성행위에 대한 관심이 없는 것이다. 다음은 '너무 피곤하다'가 29.1%, 기업의 성과주의 도입 등 직장 환경이 해마다 악화되고 일의 부담이 커짐에 따라 귀가가 늦어지는 것도 무시 못할 원인이라고 지적했다.

다른 전문가는 특히 성생활을 하지 않는 부부의 증가와 관련, '휴대전화와 인터넷'을 통해 손쉽게 성관계 상대를 찾을 수 있게 된 것과 관계 깊다고 말했다. ‘주변 상황이 허락하지 않아서’가 20.9%, ‘성적 매력을 느낄 수 없어서’가 18.2%, ‘애정을 느낄 수 없어서’가 10.9%, ‘상대의 외도로 인한 가정불화’가 0.9% 순이었다.

그래서인지 이들은 결혼생활 만족도 및 성적 만족도도 낮았다. 성기능에도 문제가 동반되어 오르가즘을 제대로 느끼지 못하는 것은 물론이었다. 사실 부부가 살아가는데 성행위가 꼭 필요한지는 사람마다 다를 수 있다. 섹스를 하지 않고도 얼마든지 사랑을 느끼며 살아가는 부부도 있다. 그러나 섹스가 없다면 사랑이 식은 것으로 생각하며 우울해지는 경우가 더 많은 것이 현실이다.

부부생활에 불만족이나 짜증이 누적되면 원인을 밝히려는 노력이 필요하다. 제대로 해결되지 못할 때 가정생활에 불화가 생기거나 이혼으로 치닫게 된다. 이런 의미에서 섹스리스는 부부생활에 심각한 문제를 유발할 수 있다. 말하자면 부부관계도 만족스러운 섹스를 거듭하면 할수록 더욱 긴밀해진다는 것이다. 그에 따라 자식에 대한 애정도 더 강해질 것이다. 모자간의 유대를 강화해주는 호르몬이 남녀 관계를 유지시키는 데도 도움을 주고 있는 것이다. 반대로 부부간에 섹스가 없는 관계에서는 섹스 이외의 애정 표현과 결속력도 약화될 가능성이 크다. 그리고 섹스리스 부부는 자식에 대한 사랑도 차가와질 성향이 높다.

신이 인간에게 준 가장 큰 선물인 섹스는 가급적 많이 할수록 좋다. 섹스는 혈압을 낮추고 심장질환 발병률을 낮추어준다. 남성의 경우 사정 빈도가 많을수록 전립선암에 걸릴 가능성도 낮아진다. 사실 부부간의 성관계가 잦다는 것은 행복하다는 것을 의미한다. 그렇지 않다면 부부간의 사랑을 재점검해 보아야 한다.

부부가 동등한 위치에서 서로를 존중하면서 함께 나누는 사랑이 풍부할 때 사람들은 행복하다고 느낀다. 신이 준 선물을 아껴 쓰면 행복과 사랑을 찾을 수 있으리라. 쾌락은

부부가 함께 만드는 즐거움이다. 많은 사람들이 섹스에서
샘솟는 창의성과 삶에 대한 열정을 만들어 간다.

그들에게 관심과 사랑을

평소 친하게 지내는 시인이 갑자기 교통사고로 죽었다.
모두들 그의 죽음을 슬퍼하였다. 그리고 얼마 후 또 다른
소문이 조용히 들려왔다. 그동안 시인과 불륜의 사랑을 나
누던 여인이 자살을 한 것이다. 정인이 없는 삶은 더 이상
살아갈 가치가 없다고 우울해 하였다고 한다.

세계보건기구(WHO)는 21세기에 인류를 괴롭히는 10대
질병 중 하나로 우울증을 꼽았다. 그대로 방치할 경우 삶에
흥미를 잃고 심하면 자살로 이어지는 심각한 질병이기에
보건복지부도 예방대책을 세우고 있다.

세상의 어느 누구도 자신의 생명을 포기하는 일을 선택

할 수 없다. 자살은 죄악이다. 그러나 세상을 살다보면 늘 만나게 되는 좌절과 절망을 어찌할까? 각박한 일상에서 자살은 늘어만 간다. 지난 십여 년 동안 자살은 급증해오고 있다. 현재 OECD 국가 중 가장 빠른 증가 속도를 보이고 있는데, 2003년 한 해 동안 우리나라에서 약 1만 1000명이 자살했다. 평균 48분에 한 명꼴이다.

깊은 절망과 분노에 따른 순간적인 충동으로 자살하는 경우도 20%에 이른다. 살아도 사는 게 아닌 삶들이 얼마나 많은가? 자살은 나이, 직업, 사회적 위치, 교육 수준, 종교 등에 관계없이 누구에게나 일어날 수 있는 사건이다. 돈이 많다고 해서, 사회적 지위가 높다고 해서 자살하지 않는 것은 아니다.

인기 여배우 , 재벌가의 딸, 고위 공무원 역시 극심한 우울증 끝에 자살에 이른다. 우울증으로 인한 자살은 80%정도이다. 오래 고통 받은 그들은 차라리 죽음이라는 마지막

길을 선택하였다.

불꽃을 향하여 뛰어드는 나비들처럼 죽음의 신비한 빛에 취하여 들어간다. 삶의 무게를 피해 죽음을 선택할 수밖에 없는 가여운 영혼들이다. 우울 속에서 죽음은 구원이었나 보다. 그러나 순간적인 자살로는 문제가 해결되지는 않는다. 자살을 통하여 문제를 해결하려는 것은 매우 위험한 생각이다. 자신과 타인의 생명은 문제해결의 수단이 될 수 없다. 인간의 생명은 그 자체가 존엄한 것이어서 자신을 죽이는 그 잔혹함으로는 아무것도 해결할 수 없다.

그들의 죽음을 지켜만 볼 뿐 우리 누구도 구원의 손길을 내밀지 못했음을 안타까워하고 있다. 행복하게 살아가는 방법을 수없이 써놓은 글들에서도, 사랑과 자비를 전하는 종교에서도, 아름다운 음악의 선율에서도 한 가닥의 구원을 잡지 못한 그 영혼들이 너무 가엾다.

그들이 절망의 어두운 터널에서 고통 받을 때 얼마나 구원의 빛을 갈구했을까? 그 많은 교회, 성당들도 멀리서 바라보기만 할 뿐, 들어가 기도할 생각을 못했을까? 왜 자신들의 마음을 밖으로 열고 핏빛의 한을 태워버리지 못하였을까? 흐르는 시간에 며칠이라도 자신을 내맡기고 다시 삶을 시작하였다면 얼마나 좋았을까?

이제 우리들은 그들에게 따뜻한 사랑과 관심을 보여주어야 한다. 우울증을 적극적으로 치료하여 죽음의 유혹에서 벗어나야 하는데 안타깝기만 하다.

죽음은 자줏빛 신비한 아름다움, 우리가 잡을 수 없는 영원한 공허이다. 낭만적이라고 생각하는 십대들의 착각은 위험천만한 일이다. 한번 가면 다시 돌아올 수 없는 머나먼 길임을 알라. 이 세상에 태어나서 덧없이 죽음에게 자신을 던져 버릴 수는 없다. 역설적으로, 차라리 자살 보다는 뜨거운 불륜이 더 낫지 않을까?

불륜에 죽음이 다가서다

흐르는 세월은 우리 모두를 죽음으로 조용히 밀어내고 있다. 누구도 거부할 수 없이 따라야 한다. 언젠가 다가올 죽음을 삶 속에서 매순간 느끼며 살아가는 사람들은 드물다. 눈앞의 현실에 집착하며 순간적인 쾌락에 만족한다. 비극적 종말을 모르고 더 달콤한 사랑에 빠져든다.

후배와 젊고 애교가 넘치는 여자와의 만남이 시작된다. 가벼운 만남이 이어지면서 사랑으로 변하였다. 사랑은 무서운 집착이 되어 서로를 소유하고자 한다. 마침내 남자는 이혼을 하고 매력적인 이 여자와 새로운 살림을 시작한다. 그동안 가정을 꾸리며 고생을 한 조강지처와 어린 두 아들을 버린 것이다.

화목한 가정으로만 알았던 이웃에서 벌어지는 비극을 처음에는 믿기 어려웠다. 불륜의 사랑이 가정을 버릴 만큼 지고지순한 사랑이었는지? 절친한 후배가 이혼을 택한 이유를 도저히 이해할 수 없었다. 가정을 지키면서도 새로운 사랑을 소중하게 가꾸어가는 방법을 찾지 못한 그가 안타까웠다.

가부장적 윤리에 반하는 그의 행동 때문에 이웃들도 그를 멀리하기 시작하였다. 후배는 여태 쌓아왔던 사회적 기반을 버리고 그 여자와 함께 다른 곳으로 떠나갔다. 그러나 타향에서 시작한 사업은 점점 망해갔고, 몇 년 후 소식마저 끊어졌다. 전처도 비참하기는 마찬가지였다. 사회 밑바닥에서 막일을 하며 두 아들을 어렵게 키웠다.

세월이 흐르고 그 후배가 후두암에 걸렸다는 소문이 들려왔다. 변변한 치료도 받지 못하고 고통 속에서 죽어가고 있다는 것이다. 수소문 끝에 전처가 성장한 아들을 데리고 찾아갔다. 수척하게 마른 모습으로 죽음을 앞에 둔 남편을 보는 순간 그녀의 증오는 사라졌다. 짧은 만남 후 죽도록 미웠던 남편이 죽음이라는 영원으로 들어가자 그녀는 대성

통곡을 했다고 한다. 무엇이 그렇게 슬프고 서러웠을까?

　가혹한 운명의 휘둘림에 항변이라도 하듯 하늘을 향하여 눈물을 흘린다. 한순간 사랑에 눈먼 무책임함으로 그는 전처와 자식들의 인생을 아픔으로 얼룩지게 만들었다. 젊은 후처도 결코 행복한 삶이라고 볼 수는 없다.
　이토록 가까운 미래에 자신이 죽음으로 들어갈 것을 알았다면 아마 그는 자식과 아내에게 최선을 다 하였으리라고 생각된다. 불륜의 사랑에 빠져 들어가는 것은 많은 것을 포기하고 선택하는 것이지만 죽음에서까지 자유로울 수는 없다. 우리는 아무도 내일 일을 알 수 없다. 한 남자에게 두고 비극이 일어났다. 삶은 사랑의 비극마저도 태워 녹여버리는 거대한 용광로이다.

가시나무 새

장마가 시작되었다. 뜨거운 여름도 잠시 빗줄기에 머리를 숙이고 있다. 우리가 살아가는 것도 이와 마찬가지이다. 계절이 오고 가듯 슬픔과 기쁨은 교차한다. 사랑의 시작과 종말도 흐르는 세월 속에 사라져 간다.

아스라한 아픔이 마음 속 깊은 계곡을 휘감고 지나간다. 연두빛 그리움이다. 이제는 다시 잡아볼 수 없는 것에 대한 아쉬움이다. 자신을 둘러싸고 있는 어두움이 깊을수록 자그마한 빛이 더욱 소중하게 느껴진다. 지나가 버린 아름다운 추억들은 조그마한 초롱불이 되어 피어오른다. 불빛은 외로운 마음을 위로한다. 메마른 현실에 지친 영혼을 포근히 감싸 안아준다. 혼자만의 침묵의 공간에서 스스로 위로 받는다. 내가 살아가야 할 이유를 알려준다.

삶 속에 한조각의 사랑도 받지 못하고 쓸쓸히 죽어간다면 삶 자체가 무의미하다. 우리는 매순간 사랑을 갈구하며 육체적인 사랑을 추구한다. 피곤한 삶에서 사랑의 향연은 분명 구원이다. 사랑을 어떻게 느끼느냐 하는 것은 사람마다 다르다. 사랑은 신비롭고 인위적으로 분석되어질 수 없다. 그 정확한 개념도 모호하다. 사랑이라는 이름의 강한 집착일 수도 있다. 따라서 사랑이라는 것은 개인들의 선택의 문제이며, 차가운 현실에서 영원을 추구하며 빚어낸 창작품일 따름이다.

이처럼 사랑은 추상적인 것이 아니라 결국 우리의 삶의 토대 위에서 이루어진다. 내가 어떻게 살아가고 있는지에 대한 진솔한 표현이다. 기쁨과 슬픔, 선과 악이 뒤섞여 있는 혼란스러운 황홀함이다. 또, 사랑은 손으로 잡을 수 없는 바람이다. 바다에 한 잔의 포도주를 더하는 마음으로 사랑은 서로에게 넉넉하고 자유로워야 한다. 이루어질 수 없는 사랑 때문에 수많은 고통의 나날을 보내는 아픔도 성숙을 위한 것이다.

시련 속에서 사랑의 아픔은 영롱한 빛이 되어 영원 속으로 들어간다. 아무리 세월이 흘러도 아련한 기쁨을 남긴다.

봄날 라일락꽃 향기처럼. 어린 동자승 때 간직하였던 소녀에 대한 애틋한 마음을 유명한 고승이 되어서도 쉽게 잊지 못한다고 한다. 이처럼 치열한 정신적인 수행으로도 어린 소년 시절에 아로새긴 연정을 떨쳐 버리기 어려운 것이다. 사랑은 영원에서 영원으로 가만히 손짓한다. 사라지지 않고 윤회한다.

퇴기 노파의 사랑

사람은 떠나도 사랑은 부드러운 바람이 되어 우리를 위무한다. 퇴기 노파의 사랑이 떠오른다. 벌써 오랜 세월이 흘렀지만 퇴기 노파를 떠올리면 괜히 눈시울이 뜨거워진다. 나이가 들어갈수록 사랑의 영원성이 더 소중하게 느껴지는 탓이다. 만약 한 사람의 사랑도 받지 않고 쓸쓸히 죽어간다면 그 삶은 너무 무의미하게 느껴진다. 죽음의 그림자를 느낄 때 사랑의 그림자가 더욱 아픔으로 추억된다. 살아간다는 것은 결국 사랑을 알아가고 실현하는 과정 아니던가.

　일요일 오후 응급실에서 호출을 받았다. 응급실에 들어서는데 할머니의 고통에 찬 비명소리가 들려온다. 바싹 마르고 초췌한 할머니 옆에는 풍채가 좋은 할아버지가 할머니의 손을 꼭 잡고 어쩔 줄 몰라 하였다. 찌든 때로 얼룩진 한복을 입은 할머니와 하얀 모시 적삼을 점잖게 입은 할아버지가 왠지 어울려 보이지 않았다. 할아버지가 시골에 사는 할머니를 끌고 시내구경을 하기 위하여 버스를 타고 오다가 넘어져 다쳤단다. 대퇴골 경부골절이었다. 입원수속을 마치고 수술준비에 들어갔다. 그러나 응급수술을 시행할 수 없었다. 할머니의 보호자가 없기 때문이었다.

　알고 보니 할아버지는 할머니의 보호자가 아니었다. 두 분은 젊은 시절 사랑하던 연인이었다. 나중에 병동 수간호사로부터 들은 이야기이다. 할머니는 이 도시의 유명한 기

180

생이었고 한때는 큰 요정도 운영하였다고 한다. 결국 말년
에는 시골의 선술집에서 막걸리와 잡화를 팔아 어렵게 살
아가고 있었다.

할아버지는 가정을 가졌지만 할머니를 못잊어하다가 뒤
늦게 다시 만나 사랑을 나누고 있었다. 불륜이라면 불륜이
다. 젊은 날의 미모도 재산도 다 사라진 할머니이지만 회진
때 보면 언제나 말라비틀어진 할머니의 손을 잡고 안타까
워하던 할아버지의 모습이 떠오른다.

퇴기노파가 고통에 못이겨 뱉어내던 신음소리는 그녀가
젊은 시절 북을 잡고 부르던 애절한 창으로 들려오는 듯하
다. 수많은 세월이 흐른 지금도 두 분 사이의 애정이 이럴
진대, 젊었을 때 나누었던 사랑은 얼마나 애틋하였을까?

오랜 세월이 흐른 지금 아마도 그때의 퇴기 노파와 할아
버지는 고달픈 삶을 마감하였을 것이다. 그들이 떠났어도
내 기억 속에 퇴기노파의 사랑은 지금까지 남아 흐르고 있
다. 사랑앞에 불륜이라는 현실적인 족쇄는 무의미하다. 그

들의 사랑은 어떤 청춘의 모습보다 아름다웠다.

겨울 거리에서

한가한 일요일 오후 늘어지게 낮잠을 자고 일어나 방에서만 뒹굴고 노는 아들을 데리고 외출을 하였다. 추운 겨울 날씨에 부자는 손을 잡고 걸었다. 차가운 바람이 세차게 불어온다. 도로에 인적은 희미한데 어둠이 깊이 스며들고 있었다.

아들이 다니는 학교 앞을 지날 즈음 갑자기 강한 회오리바람이 몰아쳤다. 드물게 보는 회오리바람이다. 순식간에 회오리바람은 나와 아들을 향하여 불어온다. 세찬 바람 때문에 앞으로 걸어갈 수가 없었다. 얼굴에 부딪히는 모래알들은 따가웠다. 도저히 눈을 뜰 수 없는데, 아들 녀석은 겁에 질려 나의 몸에 밀착하며 나를 의지한다. 꼬옥 쥔 작은 손에 따스함이 전해져 온다. 바람 속에서 느껴지는 생명의 끈이다.

　오래 전 돌아가신 아버지 생각이 났다. 아버지와 내가 광주 금남로 한복판에서 겨울 회오리바람을 만난 적이 있었다. 그때 나의 아버지도 나를 꼬옥 안아주었었지. 먼 시간을 거슬러 올라가면 아버지 역시 어렸을 적 제주 조천 바닷가에서 할아버지와 함께 겨울 회오리바람 속에 서 있었을 것이다. 앞으로 많은 시간이 흐르고, 내가 이 세상에서 사라져 버렸을 어느 날 나의 아들과 손자가 겨울 거리를 걷다가 겨울 회오리바람 속에서 한 몸을 느낄 것이다.

　잠시 후 바람은 자취도 없이 사라져갔다. 한가한 거리에

는 차가운 공기만 흐른다. 마치 살아있는 생물처럼 바람 속으로 스며들어갔다. 바람 속에 숨어 영원에서 영원으로 흐르고 있다. 형체도 없이 사라져 갔지만 회오리가 영원히 사라져 버린 것은 아니다.

회오리바람은 먼 과거에서 미래로 흘러가는 타임머신이다. 바람이 몰아치는 추운 겨울 거리에서 할아버지와 아버지, 그리고 먼 훗날 생겨날 나의 손자들이 한 몸으로 만나진다. 시간만 달리 하였을 뿐 모두 한 순간, 한 곳에 서 있다. 회오리바람이라는 절대적인 시간 속에서…….

당신은 모르실 거야

오카리나로 연주되는 '당신은 모르실 거야' 라는 노래가 가슴 아프게 스며든다. '이름을 불러주세요 나 거기 서 있을게요' 라는 가락이 애처롭다. 혜은이라는 가수가 부른 노래이다. 젊은 시절 이 노래를 들으며 나도 그런 꿈같은 사랑을 기대했었다.

　그러나 사랑을 갈구하면서도 마음의 문을 닫아 걸고 언제나 혼자 지냈다. 왜 그리 용기가 없었는지 후회해 보기도 하지만, 그 노래는 지금 들어도 좋다. 추억을 생각나게 하는 아련한 아픔이 있고 또 가슴 벅찬 만남을 기다리게 한다. '마음이 서글플 때나 초라해 보일 때에는 이름을 불러 주세요 나 거기 서 있을게요' 자신을 버리고 떠나가는 연인에게 이런 애절한 말을 하는 사람이 많지는 않으리라.

　사랑이 진실되고 아름답다면 절대 허망하게 사라지지 않는다. 과거의 사랑은 물론 현재와 미래의 사랑도 마찬가지이다. 누구든지 아름다운 사랑의 꿈을 꿀 수 있다. 못 만나면 어떤가. 바다가 보이는 작은 언덕 위에 오두막집을 짓고 그네를 타면서 사랑하는 이를 그리워하며 지는 해를 바라보기만 한들 어떤가. 소유하지 않고 바라만 보는 것도 나쁘지 않다. 그냥 스쳐 지나갈 바람과 같은 사랑을 하는 이들에게 이별은 없다. 바람은 불어가고 내일 아침 또 불어온다. 설령 그 사랑이 이루어지지 않는다 하더라도 새로운 사랑이 아침마다 찾아온다. 기다림은 충만한 영혼에게 축복이다.

바람이 불어온다. 따뜻한 위로이다. 밤바다를 지키는 등대에서 흘러내리는 불빛들은 '이름을 불러주세요 나 거기 서 있을게요' 라는 오카리나의 가냘픈 노래가 되어 가슴에 와 맺힌다. 사랑은 정녕 아무나 누릴 수 있는 행복은 아니다.

보이지 않는 갈등

오후 수술은 힘들고 어려웠다. 대퇴골 간부골절은 늘 하던 수술이라 쉽게 생각하였으나 X-ray에 나타나지 않은 여러 개의 골절선이 있었다. 단순골절이 아니라 복잡골절이

다. 골수강 내 금속정으로 어렵게 고정한 후 수술을 마쳤
다. 마음은 개운하지 못하다.

지친 몸으로 외래로 들어서자 고향 후배가 반갑게 맞이
한다. 차를 나누며 서로의 근황을 나누었다. 잠시 후 후배
는 어려운 부탁이 있어서 왔다고 말한다. 6년 전과 3년 전
그리고 최근 몇 개월 전에 나에게 치료받은 진단서를 청한
다. 무엇에 쓰려고? 혹시 이혼한 전 부인과 무슨 일이 있는
지 물어 보았다. 그건 아니라고 한다. 그러면 무슨 일 때문
에 진단서가 필요한 것인지 재차 물었다. 마지못해 후배가
사실을 이야기한다. 나에게 치료받은 것은 실은 불륜의 연
인에게 폭행을 당한 것이라고 했다.

후배는 10년 전 친구들과 어울려 술을 마시다가 그녀를
만났다고 했다. 첫눈에 서로 깊숙이 빠져 들어갔다. 사실
그 여자와의 불륜 때문에 후배의 부인도 맞바람을 피운 것
이라고 한다. 마누라가 바람이 나 이혼을 한줄 알았던 후배

가 언제나 불쌍하게 생각되었는데, 사실은 후배에게 먼저 문제가 있었던 것이다.

운동으로 단련된 몸은 보기 좋았고, 사업수완이 좋아 경

제적으로 부유하며 얼굴도 호남이었다. 혼자 살기에는 아까운 남자였다. 다시 좋은 여자를 만나 재혼할 것을 권하

였다. 그럴 때마다 후배는 여자에게 질렸다며 독신을 고집하였다. 엉큼한 이 자식이 알고 보니 내연의 애인을 두고 있었던 것이다. 그것도 큰 회사의 간부인 남편을 둔 유부녀이다.

두 사람의 나이가 40이 넘어가면서 후배가 그 여자에게 싫증을 느꼈다. 드디어 후배가 젊은 여자와 사랑에 빠졌다. 재혼을 결심하였고 정부에게 헤어질 것을 요구하자 절대로 놓아줄 수 없다며 그녀가 크게 반발하였다. 서로 주먹이 오가는 큰 싸움이 벌어졌다. 여자의 몸 여러 곳에 상처가 났으니 정부의 남편이 모든 것을 알게 되었다. 그리고 후배를 폭행죄로 경찰에 고발하였다.

후배도 맞고소를 하기 위하여 염치 불구하고 지금까지 치료사실에 대한 진단서를 나에게 부탁한 것이다. 내가 발행한 여러 장의 진단서를 받아든 후배는 정부의 남편에 대하여 욕을 퍼붓기 시작했다. 아내의 불륜에 대하여 남편이 가정을 지키기 위하여 모르는 척한다는 것이다.

"비겁한 자식 같으니……. 마누라가 바람을 피운 것은 모른 척하고 나를 폭행죄로 고소를 해? 둘을 간통죄로 고소했다면 차라리 덜 분하겠어요. 나의 인생을 지금까지 실컷 농락한 게 누구인데……. 난 그년의 성의 노리갯감이었어요."

불륜에서도 사람들은 진실한 사랑을 갈구하지만 거의 대부분 서로에게 큰 아픔을 남겨주고 끝난다. 우리 사회에는 엄연히 간통죄가 존재한다. 남편이 아내로부터 불륜의 사실을 고백 받았을 때 충격은 컸을 것이다. 간통죄로 고발할 수도 있지만 이혼청구소송을 먼저 하여야 하는 친고죄이다. 남편은 아이들과 가정을 위하여 한번만 용서해 달라고 울며 매달리는 아내의 부탁을 들어주기로 마음먹었고, 후배를 폭행죄로 고발한 것이다.

수술할 때 보이지 않는 골절로 고생하는 것처럼 행복하게 비치는 가정에도 보이지 않는 숱한 갈등들이 존재한다.

그 갈등들을 치유하기 위하여 모두 힘겨운 노력들을 하고
있다.

처절한 복수의 칼날

　결혼생활이란 생활고, 자식의 양육문제, 고부간의 갈등,
성격차이 등으로 언제나 뜨거운 용광로처럼 끓는 상태이
다. 그래서 결혼한 남녀들은 일상에서의 탈출, 또다른 사랑
을 꿈꾼다. 한 순간 불꽃 속에서 쾌락을 느끼고 싶어한다.
불륜은 거짓말에서부터 시작된다. 외부 활동이 많은 남자
들은 거짓말을 할 핑계거리가 많다. 그러나 가정에 있는 여
자들은 아무래도 시간 외 시간을 얻기가 힘들다. 가사일을
게을리하여 집안 살림은 점점 엉망이 되어간다. 아이들의
학교성적도 뚝뚝 떨어진다. 예민한 남편은 무언가 자신의
부인에게 변화가 있음을 쉽게 감지한다. 그리고 은밀하게
부인의 행적을 조사한다. 운전을 처음 시작한 초보 운전 때

는 교통사고가 별로 나지 않는다. 그러나 운전이 손에 익어 슬슬 자신감이 붙을 때 교통사고가 자주 일어난다. 불륜도 마찬가지라고 한다.

　대개 일 년에서 일 년 반개월 정도에서 거짓말이 드러난다. 꼬리가 길면 잡히게 되고, 행동이 대담해지기 때문에 허점을 많이 남기게 된다. 그러므로 유부남을 사랑하는 여자보다 유부녀를 사랑하는 남자가 간통죄로 징역을 갈 확률이 10배 이상 높다고 한다.

　어쩔 수 없이 불륜에 빠질 수도 있지만 나의 행복, 가정의 행복을 위하여 현명하게 판단하여야 한다. 깔끔하게 처신할 자신이 없으면 빨리 그만두어야 한다. 불결한 사람이 되는가 또는 사랑을 할 줄 아는 사람이 되는가는 결국 종이 한 장 차이인 것이다.

　남들이 한다고 호기심에서 빠져들 일이 아니다. 처음 시작할 때는 가슴 떨리는 기쁨을 안겨주지만 불륜의 사랑을 계속 유지하기에는 너무 많은 수업료를 지불해야 한다. 혹시 배우자가 눈치 챘을까 하는 정신적인 부담은 지옥 같은 고통이다. 차라리 예전의 아무 일도 없는 단조로운 삶을 더 그리워한다.

아무도 모른다면 달콤한 로맨스로 끝나지만 상대의 외도를 안 배우자는 배신감에 치를 떨게 된다. 삶이 무너지는 듯한 절망감을 호소한다. 간통죄로 고발하는 정도를 넘어서서 상해를 가하거나 살인으로까지 이어지는 비극적인 결말도 있다.

배우자의 배신을 바라보며 분노에 떨다가도 시간이 지나면서 이성적인 판단을 하는 경우도 있다. 아내가 바람이 나도 자식들 때문에 아내가 가정으로 돌아오기를 기다리는 남편들도 있다. 그리고 남편이 젊은 여자와 딴 살림을 차려도 자식들 때문에 통한의 세월을 보내는 아내들도 있다. 그

러나 일단 이혼을 결심하면 서로 추악한 앙갚음을 한다. 복수심에 불타 간통죄로 상대를 철창에 가두고 괴롭힌다. 위자료를 무리하게 요구하기도 하고, 어떤 이는 빈손으로 헤어짐을 강요당한다. 헤어지면서 상대에게 가하는 처절한 복수의 칼날이다.

불륜의 비극적인 결과는 누구도 피할 수 없다. 순간의 사랑은 얼마나 허망하게 변질하는가. 불륜도 사랑이라고 하지만 그것도 상대를 잘 만나야 이루어지는 행운이다. 폭포

같이 사랑하다가 멋지게 헤어질 수 있는 사랑이 얼마나 어려운지를 새삼 느끼게 된다.

남자와 여자가 사랑할 때

남녀가 만나 사랑을 나눈다. 한순간 시작된 사랑이지만 깊이 빠져 들어간다. 회오리바람 같은 사랑이다. 흔들거리는 돌탑 꼭대기에서도 둘은 사랑을 확인한다. 그 어떤 어려움도 다 이길 수 있으리라 확신한다. 불꽃을 향해 뛰어드는 나비들처럼 사랑의 도피를 감행한다. 점점 높이 올라가지만 이내 새로운 저항이 느껴지기 시작한다. 육체에 묶여 있는 가느다란 끈이다. 위로 오르면 오를수록 더 세차게 밑으로 잡아당긴다. 더 이상 올라 갈 곳이 없다. 사랑에도 끝이 있다.

여성의 성적 본능은 선택하는 성이다. 한 달에 하나씩 생겨나는 난자에 가능하면 좋은 정자가 수정되기를 바라고 있다. 불현듯 남자와 사랑에 빠져든다. 그 사랑은 무의식 저편에 있는 조물주의 선택이다. 거역할 수 없다. 생명의 잉태를 위한 여성의 성은 신비스럽다. 순식간에 불꽃은 피어 오르고 여자는 사랑을 위하여 얻는 것보다 잃어버리는 것이 많은 상태로까지 자신을 몰고 간다. 남자도 기쁨에 벅차올라 여자에게 진정한 사랑이라고 속삭인다. 그러나 세월이 지나면서 차츰 남자는 아래 땅의 불빛을 그리워한다. 쌓아올린 돌탑이 바람에 위태롭게 흔들거린다. 어느 때부터인가 아래를 내려다본다. 어지럽고 무섭다. 정신없이 너무 올라와 버린 자신을 원망한다. '무사히 다시 땅 밑 세상으로 내려갈 수 있을까'를 걱정한다. 그리고는 사랑이 한순간의 실수였다고 외치고 비겁하게 도망친다. 아픔 속에서 일구었던 사랑이 한순간의 실수로 격하되고 만다.

불륜은 가정을 가진 남자에게는 지나가는 회오리바람이

다. 사랑으로 포장되어 있지만 남성의 성 본능은 공격하는 성이다. 억눌린 성적 충동의 탈출구를 찾아 헤매고 있다. 종족의 번식을 위하여 충동적으로 사랑에 빠지고 2-3억 개 되는 정자들을 마구 뿌리고 다닌다.

여성의 권리가 아무리 향상되었다고 해도 외도를 한 남자들은 자신의 가정으로 돌아가는 경우가 많다. 여자의 경우에는 남편이 용서를 한다 해도 시댁 식구들이 알게 되면 결혼생활이 힘들기만 한 현실이다. 선명한 주홍빛 글씨…….

시작할 때 사랑의 출발점은 같다. 하지만 더 많이 사랑을 하는 사람에게 운명은 가혹하다. 그 끝자락에서 사랑이 더 이상 남아있지 않다는 처절한 배신감으로 허탈해 한다. 사랑은 환상이다.

뜨거운 탈출

　장훈이의 피부이식은 기대 이상으로 효과가 있었다. 이제 피부를 떼어내 이식하는 아픔은 더 이상 겪지 않아도 되었다. 대퇴부절단창도 잘 아물었다. 이제 장하지의족을 착용하여 또 다시 아픔 속에 걷는 연습을 시작하여야 한다.

　며칠째 장훈이 엄마가 보이지 않고 할머니가 손자를 간호하고 있다. 회진을 마친 후 병실 스테이션에서 수간호사가 장훈이 엄마의 근황을 이야기해주었다. 장훈이 엄마는 우리 병원에서 경골 개방성골절로 장기 입원하였던 근태라는 노총각 환자와 눈이 맞아 얼마전 사랑의 도피를 하였었다고 한다. 근태는 시골에서 농사를 지으며 살다가 술 먹고 오토바이 사고로 다쳐서 입원했었었다.

　이년 전 장훈이는 트럭에 치여 거의 사경을 헤맸고 많은 피가 수혈되었다. 중환자실에서 전신 상태를 호전시키며 우측 대퇴부 절단부위의 수술을 기다리고 있었다. 집중치료를 받고 있었지만 시간이 흐를수록 절단된 다리는 썩어 들어갔다. 난 장훈이의 다리를 눈물을 흘려가며 정성껏 드레싱하였다.

장훈이는 집안의 3대 독자였다. 아버지는 이미 병으로 죽었고, 장훈이 엄마는 서른을 바라보는 청순한 아줌마였다. 남편의 죽음에 연이어 닥친 아들의 불행을 잘 이겨내며 살아왔다. 그녀는 장훈이 곁에서 떠나지 않으며 병간호를 하였는데 언제나 피곤에 찌든 얼굴이었다.

이윽고 장훈이가 수술을 받은 후 근태가 있는 방으로 옮기게 되었다. 근태가 같은 남자이기 때문에 보호자인 장훈이 엄마는 오랜 기간 근태와 같은 병실에서 있게 되었다. 지난 이년간 대수술이 5번이나 시행되었다. 수술할 때마다 토해내는 장훈이의 신음소리는 그녀의 가슴을 도려내는 고문이었을 것이다. 장훈이 엄마는 한줄기의 빛이 그리웠다. 아무도 의지할 곳이 없는 그녀에게 근태는 보호자처럼 잘

도와주었다. 물론 장훈이에게도 형처럼 잘 대해 주었다.

어느 날 밤 장훈이 엄마와 근태가 한 침대에 누워 있는 것이 간호사에게 발각되었고, 장훈이는 아줌마들이 입원해 있는 병실로 조용히 옮겨졌다. 그 후 퇴원을 한 근태가 장훈이 병실로 자주 놀러왔다. 요즈음 몇 달간 장훈이 엄마의 외출도 빈번하였었다. 그러다가 장훈이의 수술이 성공적으로 이루어지자 장훈이 엄마는 시어머니에게 장훈이를 맡기고 근태와 함께 탈출을 감행한 것이다. 근태는 장훈이 엄마보다 세 살 연하였다. 대학까지 졸업한 장훈이 엄마가 선택한 사랑에 놀랐으나 충분히 이해되었다.

폭우가 내린 급류에 갇힌 듯 절박한 상태의 장훈이 엄마였다. 어둠이 내리고 빗줄기는 더욱 기승을 부리고 있는 절망의 상황이었다. 이때 나타난 시골 노총각에게 따뜻한 사랑을 느끼지 않을 여인이 있을까? 폭우 속에서 자신을 따뜻하게 감싸준 남자를 택한 그녀에게 신의 가호가 함께 하길 빌어본다.

영원을 지키는 파수꾼

어린 아이를 데리고 간절하게 기도하고 있는 어머니의 모습은 감동을 준다. 어머니에게 아이는 존재의 이유이며 자식이라는 굴레에서 벗어날 수 없다. 아무리 IT 첨단과학 문명 속에 살지만 생명의 법칙에서 벗어날 수 없는 우리들이다. 꽃이 피어나고 지듯이 사람의 몸도 보이지 않는 섭리에 따라 살아가고 있다.

거기에다 우리의 몸은 성이라는 원초적 욕구에서 자유롭지 못하다. 생명의 잉태에 대한 배려일까? 흑두루미들은 시베리아에서 순천만으로 날아온다. 연어들은 먼 거리를 헤엄쳐 와서 남대천의 거센 강물을 거슬러 올라가 알을 깐다. 회귀본능이라고 말하기에는 너무나 신비스럽다. 이렇듯 새로운 생명은 역류하는 힘겨운 사투 속에서 이루어진다. 살아있는 생명체가 보여주는 웅장한 파노라마이다.

생명의 탄생은 출산의 고통 속에서 이루어진다. 그 고통이 끝날 즈음 새 생명에 대한 어머니로서의 책임이 뒤따른다. 그 책임은 강요가 아닌 자연스러운 본능이다. 무엇이 어머니와 아이 사이를 끈끈하게 묶어주는 것일까? 어머니가 아이에게 젖을 먹일 때 옥시토신과 바소프레신이라는 호르몬이 분비된다. 이 옥시토신은 엄마와 아이 사이에 친밀감과 안온함을 준다. 모자간의 유대를 강화시켜 주는 것이다.

그런데 오르가즘의 순간에도 남녀의 뇌 속에서 옥시토신과 바소프레신이라는 호르몬이 방출된다. 옥시토신은 뜨거운 열정이 사라진 후에도 은은하면서 지속성이 있는 사랑을 할 수 있게 한다. 말하자면 모자간의 유대를 강화해주는 호르몬이 부부관계를 따뜻하게 유지시키는 데도 도움을 주고 있는 것이다. 적어도 유아가 홀로 생존할 수 있을 때까지 부모를 묶어두기 위한 신의 배려일 것이라고 인류학자는 해석하기도 한다.

결국 인간이 살아있는 생명체로 지구상에 존재하고 있는 한 새로운 생명의 탄생을 위한 섹스는 존재할 것이고, 생명의 탄생은 이어진다. 자식들을 키우는 어머니는 영원을 지키는 파수꾼이다.

방황하는 구도자

성에 탐닉하는 것은 생명있는 존재들의 숙명이다. 이 때문에 갖게 되는 끝없는 방황과 고뇌는 오히려 우리에게 진정한 행복이란 무엇인가에 대하여 고민하게 한다. 행복을 얻기 위하여 사랑과 죽음에 대해 고민하고 나아가 구도자가 되기도 한다.

여성들도 마찬가지이다. 무뚝뚝하고 말이 없는 남편에

비해 자상하게 자신을 챙겨주는 상사와 불륜관계에 빠지는 여성이 늘어나는 것도 이런 현상이다. 맞벌이 아내는 남편보다 직장상사가 더 감정적으로 친밀한 경우가 생긴다. 결국 사랑에 빠져든다. 다만 어머니로서 아이를 볼 때마다 죄책감으로 괴롭다.

아무리 성이 중하다고 하여도 한 여자가 자신의 성적 욕구를 자유롭게 분출시킨다는 것은 일정 부분 사회적 문화적 제약이 따른다. 30-40대 다수 여성들은 자녀들을 양육하고 있는 어머니이며 자신을 둘러싸고 있는 제약이 있기 때문이다.

물론, 최근 급격한 사회적 변화 때문에 전통적인 어머니상(像)이 약화되고 있다. 양성평등의 사회에서 모성애가 여성들을 억압하는 한 이유라고 주장하는 페미니스트들도 있다. 프리섹스라는 사회적 변화는 인정하지만 어머니의 미덕은 보존해야 한다.

여성은 생명을 잉태하고 출산하는 소중한 육체이다. 여
자에게 있어서 자식은 숙명이다. 어머니로서 자식에 대한
헌신적인 사랑과 자기희생은 운명같은 것이기에 자신이 처
해 있는 현실의 불만족을 벗어나기 위하여 가정을 파괴하
고 자식들의 행복을 희생시킨다는 것이 얼마나 힘든 것인
지 안다. 그럼에도 불구하고 현실을 무시한 채 뜨거운 불꽃
에 휩싸이는 것은 인생을 건 도박이다.

사랑과 성에 탐닉하는 것은 남녀 불문하고 본인의 자유
이다. 그러나 어머니라는 가치는 여성에게 숙명적인 굴레
일 수밖에 없다. 아내는 포기할 수 있어도 어머니라는 거룩
한 이름은 쉽게 포기할 수 없다. 여자는 어머니일 때 가장
행복하고 아름답다.

'바람처럼 달렸다, 어머니의 이름으로' 미국 슈퍼볼의 한
국계 영웅 하인스 워드의 이야기는 우리를 숙연하게 하였

다. 워드 모자는 국민들의 열렬한 환영 속에 모국을 방문하
였다. 워드의 어머니는 이혼으로 어렵게 살아왔지만 그녀
가 진정 아름다울 수 있었던 것은 워드에 바친 사랑과 희생
때문이었다.

4 장
나비는 두 날개로 난다

이제 여성들도 자신의 성적 주체성
을 확립하려 한다. 남자와 동등하게
성적으로 즐길 수 있는 권리를 주
장하는 페로티시즘의 시대가 대두
했다. '일부일처제'라는 '닫힌 관
계'보다 어느 정도 '열린 관계'를
선호하는 신세대 커플이 늘고 있는
추세이다.

사랑의 결핍

최근 결혼 풍속을 보면 애정보다 경제적 조건을 고려하여 성급하게 결혼하는 젊은이들이 늘고 있다. 물론 편하게 살려면 사랑보다는 경제적인 문제가 더 중요할 수도 있겠다. 그렇게 만난 부부라도 결혼 후 살아가면서 서로 동반자적인 사랑을 나누게 되면 다행이다. 그러나 꿈에 젖어 결혼을 했지만 사랑의 결핍에 방황하는 부부들도 많다.

정신없이 바삐 돌아가는 현실에서는 부부간에 충분히 사랑을 나눌 수 없는 상황이 빚어진다. 물론 사랑이라는 것이 순전히 육체적인 탐닉만의 문제는 아니다. 사랑은 정열 외에 정신적인 친밀감까지도 포함하고 있다. 하지만 부부간의 사랑이 없는 권태로운 관계는 두 사람을 무기력하게 만든다.

부부가 마음에서 멀어지면 각자에게 채울 수 없는 깊은 고독이 드리워진다. 결혼과 사랑에 대한 이중적 가치관으로 갈등을 겪는다. 그 갈등으로 어느덧 결혼에서 섹스가 사라져가게 된다. 마음 속으로 영원히 시들지 않을 사랑을 기대하지만 결코 채워질 수 없는 신기루 같은 것이다. 부부간의 성적 충족도 다양하게 변화해 가고 있다. 가정 밖에서 불륜도 탈출구로 선택하는 방법이다. 서로에게 권태를 느낀 부부들은 외부에서 새로운 사랑을 찾으려 애쓴다.

불륜은 뱀의 모습으로 우리를 유혹하고 있다. 환한 불꽃의 마술로 사랑을 만들고 더 깊이 빠져들게 된다. 금지된 사랑은 침묵 속에서 숨 막히게 매혹적이다. 결혼한 여성들이 남편만으론 만족할 수 없다며 나이트클럽 등지로 방황하고 다닌다. 호스트바나 꽃미남들이 성적인 봉사를 하는 여성전용 퇴폐마사지실을 유흥가 여성들 뿐만 아니라 가정주부, 여대생들도 애용하고 있다. 비용도 40만원에 이르는 이곳을 이용하는 어느 주부는 "권태기인지 엘리트 연구원인 남편과의 성관계에 더 이상 만족하지 못하겠다"고 솔직히 털어놓았다.

성적결핍만으로 여성들이 불륜에 빠지지는 않는다. 성장과정의 정신적인 상처가 더 큰 이유일 수 있다. 이런 경우는 아무리 돈을 주고 성을 사보아도 사랑의 결핍은 없어지지 않는다. 낯선 이의 사랑을 받아도 채워지지 않는 공허한 동굴이 가슴속에 있다. 어쩌면 이제 일상화된 여성들의 불륜은 가치관의 잘못에 기인한다. 그 갈급함은 성이 안겨주

는 황홀한 쾌락에 점점 중독되고, 결국 자식이나 가정마저
도 포기하게 된다.

불륜의 늪

　부부관계는 어떠한 대인관계보다도 친밀한 인간관계이
다. 그러나 실제로 부부간에 어떠한 문제가 생겼을 때는 친
밀한 의사소통을 하기가 어려워진다. 서로 간에 기대가 너
무 커서 상대방의 문제점만 보이기 때문이다.

　이러한 기대감을 정신의학에서는 의존 욕구라고 한다.
결혼하고 일정 시간이 흐르면서 부부간의 뜨거운 사랑이
식게 된다. 이럴 때 의존욕구가 채워지지 않으면 상대방이
나를 사랑하지 않는다고 느끼게 된다. 쉽게 혼외정사를 꿈
꾼다. 우리는 힘없이 불륜 속으로 떠밀려 흘러간다.

　기혼 남성 뿐만 아니라 여성들도 상당수가 반란을 꿈꾸
고 있다. 작년 어느 신문에 실린 내용에 따르면 3040 연령

의 기혼 여성 중 43.3%가 현재 애인이 있으며, 57.3%가 육체관계를 갖고 있으며, 애인을 만나는 이유는 48.2%가 '색다른 사랑을 하고 싶어서'라고 조사됐다. 외도가 이제 더이상 남자만의 전유물이 아니라는 것이다. 이들은 주말이면 골프 모임에 나가는 남편과 다 커서 자기 일로 바쁜 아이들 때문에 소외된 자신을 합리화하고 있다.

결혼생활의 결핍을 채우기 위한 기혼 여성의 '애인' 역시 거의가 기혼 남성이다. 불륜에 빠져 있는 기혼 남성의 부인 역시 결혼생활에 만족하고 있을까? 장담할 수 없다. 어느 한쪽에 책임을 묻기 이전에 아저씨와 아줌마들은 이미 모두 불륜의 늪에 빠져 있는 셈이다.

불륜은 쾌락을 얻은 후에 복원능력을 넘어선 심각한 후유증을 남긴다. 불륜은 청와대 행정관을 살인범으로 몰고 간 그 잔혹함도 저지른다. 처제와의 불륜이 들통 난 그 남자는 자신의 부인과 처제를 살해하였다. 왜 뜨거운 사랑은 우리들을 악마로 변하게 하는 것일까?

이혼에 의한 가정의 파괴는 무서운 후유증을 낳는다. 불륜에 의한 이혼은 저출산, 고령화보다 더 심각하다. 불륜의 늪에 빠져 있는 우리 사회에서 벌어지는 가정의 파괴를 더 이상 수수방관만 할 수는 없다. 자식들에게 쓰라린 정신적인 상흔들을 아로새길 수 없다. 우리가 이기적으로 남발한 쾌락의 차용증은 언젠가 갚아야 할 사회적 비용이다. 사회의 안녕을 해치는 불륜의 늪에서 헤어나갈 새로운 가치관과 윤리 의식이 필요하다.

살아있는 삶 자체를 허무 속으로 던져버릴 수는 없다. 건강한 삶의 뿌리를 지켜야 한다. 다 태워서 사라져버리는 기름기 흐르는 퇴폐가 아닌 영원을 향하는 한줄기의 '순정'으로……. 희생이 있는 사랑은 마지막 희망이다.

사랑의 그림자

바야흐로 성 문화는 이전에 비해 아주 자유롭게 되었다. 화려하게 피어난 꽃에 벌과 나비가 날아드는 것처럼 사랑의 만남과 이별이 쉽게 이루어진다. 강한 회오리바람이 불현듯 불어오듯 금지된 사랑이 순간적으로 일어난다.

성은 누구도 거부할 수 없다. 생명이 존재하기 때문에 사랑에 빠져든다. 살아있음의 뜨거운 표현이다. 조물주 앞에 인간이 만들어놓은 윤리적인 억압은 아무런 소용이 없다. 무기력하게 무너진다. 사랑이라는 황홀함 아래 거부하기 힘들게 만들었다. 순결이라는 윤리적인 가치와 생명의 잉태라는 생명의 가치는 서로 대립하며 갈등 속으로 몰고 간다.

불륜이라는 사랑 속에는 위장된 덫이 놓여 있다. 사랑에 빠져 황홀감을 맛보는 순간 새로운 생명의 잉태가 이루어지는 사랑의 덫이다. 패스트푸드 같은 사랑의 유희에서 생긴 원하지 않은 생명의 잉태는 분명 재앙이다. 서로 갑자기 긴장한다. 그들의 사랑에는 공허하고 어두운 그림자가 드리운다.

아무런 망설임 없이 쾌락의 후유증을 고무지우개로 쉽게 지워버린다. 낙태이다. 임신한 여성의 행복을 위하여 지난 사랑의 흔적들을 말끔히 지워버린다. 간혹 미혼녀와 유부남 사이에서는 사랑의 아쉬움 때문에, 혹은 신앙적인 이유로 끝내 출산을 고집하는 여성들도 있다. 남자가 설득하고 심지어 아내까지 찾아가 부탁하지만 기어이 아이를 낳아 키우는 여자들도 있다. 그 아이가 자신에게는 진정한 행복이란다. 자신의 사랑을 지키려는 자존심

이다.

이른바 프리섹스 시대이다. 성의 무지에서 미혼모가 증
가하고 있다. 우리 사회는 낙태로써 생명의 싹을 자르거나
해외입양을 통하여 해결하고 있을 뿐이다. 과학과 의학이
발달하여 피임과 낙태가 일상적으로 이루어져 여자를 출산
과 양육의 생물학적인 장애로부터 해방시켰다.

원시사회에서도 독초를 먹거나 임산부의 배를 묶거나 물
리적인 힘을 가하여 위험한 낙태를 유도하기도 하였다. 또
한 18세기 근대화된 영국에서도 사회에 필요가 없는 여아
들에 대한 유아살해가 빈번하게 일어났다. 효과적인 피임
이나 낙태방법이 없었기 때문에 아이들을 인구축소 수단의
희생물로 삼은 것이다.

현대에도 카톨릭을 비롯하여 반 낙태운동이 거세게 일어
나고 있지만 모든 선진국에서 낙태는 자유롭게 허용되고
있다. 자신의 신체에 대한 선택적인 통치 권리를 존중하여

주고 자유와 행복을 추구할 권리는 신성불가침이라는 이유에서이다. 그러므로 낙태는 임신한 여성의 선택에 따를 수밖에 없다.

자유로운 섹스에서 후유증으로 안겨진 원치 않은 임신에 대하여 최소한의 수치나 후회의 기미도 없이 '쾌락을 누리는 자유'에 대한 안전장치로서 낙태수술을 기꺼이 선택하고 있다. 살아있는 생명체를 죽인다는 죄의식도 없이 자연스러운 행위로 받아들여지고 있다.

그러나 여자에 있어서 낙태는 슬픈 과거로 일생동안 남는다. 그리고 어두운 질곡을 방황한다. 아무렇지도 않은 듯 태연하게 살아가는 듯해도 무의식에 심어진 윤리의식은 시시때때로 그녀를 괴롭힌다. 지워버릴 수 없는 사랑의 그림자이다.

줄기세포의 환상

환자 맞춤형 줄기세포는 온 국민을 새로운 희망에 들뜨게 하였지만 결국 손끝에 스치는 바람이었다. 신의 도움이 없이 인간의 기술로 줄기세포를 만들었다는 것은 결국 사기극으로 판명되었다. 줄기세포는 우리들의 허망한 환상이었을 뿐이다.

줄기세포로 진시황제가 꿈꾸던 불로장생을 실현시킬 것처럼 떠들었다. 그러나 신의 영역에 도전하는 줄기세포라는 바벨탑의 과욕은 여지없이 무너져 버렸다. 보이지 않는 신의 섭리에 따라야 하는 우리들이라는 것을 뼈저리게 느낄 뿐이다.

줄기세포에 환호하며 빠져 들어갔던 그 어리석음에서 불륜의 늪에 빠져 있는 우리들의 모습을 발견한다. 불륜이 청아한 사랑을 안겨 줄 것처럼 휘황찬란한 불꽃에 우리는 쉽게 빠져 들어간다. 아름답게 타오르는 사랑도 결국 한 줌의 재로 사라져간다.

물질의 탐욕을 위한 과학은 진리가 아니며 찰나적 쾌락만을 추구하는 Sex도 우리에게 진정한 구원은 아니다. 생명의 잉태와 출산 그리고 죽음의 순환에서 우리는 자유로울 수 없다. 인간이 차가운 이성을 소유하고 영혼이 순결한 것만이 진정한 구원이라는 가르침도 아름다운 거짓말이다.

생명이나 사랑의 본질은 영원이다. 영원을 담고 있는 자연이라는 넓은 관점에서 우리의 삶을 바라보아야 한다. 영원은 우리가 알 수 없는 섭리에 의하여 유지된다. 사랑을 하고 생명을 잉태한다는 것은 구름이 흘러가고 바람이 불어가는 자연현상이다. 일상적이고 평범한 것이다.

영원을 향하여 설계된 자연 속에는 아름다움과 추함, 선과 악, 차가움과 따뜻함이 항상 같이 존재하고 있다. 우리의 어떠한 큰 수고도 없이 자연은 우리를 영원으로 안내하고 있다. 흐르는 시간 속에서 자연은 스스로 변화하며 항상성을 유지하고 있다.

항상성을 유지하는 자연의 섭리는 우리의 영역이 아니다. 장엄하게 흐르는 생명의 본질을 인간의 탐욕으로 변형시킬 수 없다. 새로운 생명을 만들어가는 줄기세포도 우리의 영역이 아니라는 겸허한 비워버림이 필요하다. 우리는 가난한 마음으로 생명의 탄생에 대하여 고뇌하지 않아야 한다.

선과 악에 대하여도 부드러운 눈길로 바라본다. 성스러움도 추함도 그 본질은 마찬가지이다. 더러운 연못에서도 아름다운 연꽃은 피어나고 있다. 가난한 우리의 작은 창에도 흰 구름은 흘러가고 있다. 줄기세포, 테라토마, 처녀생식이라는 그 어렵고 낯선 단어가 우리의 행복과 무슨 관계가 있는가?

신비스러운 환상이었다. 뜨거운 만남 그 끝에 아무것도 남아있지 않는 허무함이다. 쓸데없는 지식들, 어지러운 생각들을 불어오는 바람에 시원하게 날려 보내 버린다. 줄기세포라는 첨단과학보다 한 조각의 사랑에서 편안한 안식을 찾는다. 우리는 바람처럼 흘러간다.

사이버 섹스

이상하게도 사랑은 시간이 흐를수록 점점 더 초라하게 퇴색해 간다. 그리고 풍요로운 현실과는 달리 마음속의 외로움은 커져만 간다. 잃어버린 사랑들을 다시 찾아보고 싶다. 잃어버린 사랑을 찾으러 우체국으로 간다. 따뜻한 위로의 말들이 그립다.

먼 산으로 띄워 보내는 공허한 탄식들이 메아리가 되어 돌아온다. 모니터에서 추한 현실은 여과되고 아름다운 메아리가 반짝반짝 빛난다. 거부하지 못할 유혹이다. 무한의 공간에서 피어나는 휘황찬란함에 마음이 흔들린다. 첫사랑 같은 황홀한 신비스러움이다.

막연한 설렘 속에 미지의 연인과 밀어를 나눈다. '접속'이라는 또 하나의 환상이다. 만남은 아래로 비극을 잉태하고 있지만 처음에는 그것을 알 수가 없다. 자신의 텅 비어버린 가슴을 사랑으로 가득 채워 행복한 공주가 되어간다. 은밀한 비밀의 방이 만들어지고 황홀한 쾌락을 맛본다.

모든 불륜이 그렇듯 채팅의 후유증이 나타난다. 채팅에서 만난 남자에게 깊이 빠져 들어가고 자신을 누르고 있는 생의 굴레를 벗어 던진다. 평온하던 가정이 파탄이 났다. 마침내 남편이 바람 난 부인을 살해하였다. 비극적 종말이다. 가정으로 파고든 인터넷으로 가정이 무너져 가고 있다.

다양한 방법으로 사이버 성(cyber sex)에 빠져드는 현대인들이다. 휘황찬란한 유혹에 빠진 청소년부터 부인들까지 성의 달콤함에 노출된다. 사이버 성은 누구나 들어 갈 수 있는 열린 광장이다. 찬란한 불꽃이 타오르는 아름다운 영토를 꿈꾸며 흰나비들은 광장으로 날아든다.

채팅으로 낯선 남녀들이 만나고 은밀하게 교제가 이루어

진다. 화상채팅으로 사이버 성행위를 한다. 살아있는 뜨거움과는 동떨어진 가상세계 속에서 느끼는 허위의 성이다. 따뜻함을 나누는 육체는 사라지고 허공에서 감각적인 쾌락에 점차 빠져든다. 우리들을 옭아매는 또 다른 인터넷 중독들이다.

사이버 세계에서의 사랑은 손으로 잡으려 하여도 잡아지지 않고 손가락 사이로 빠져 나가는 마른 모래들이다. 휘황찬란한 사이버 성은 한 모금 샘물도 없는 허망한 사막이다. 피곤에 지친 흰나비는 이즈러진 날개를 파닥거린다. 흰나비는 말없이 슬픈 육체의 파편들을 굽어본다.

간통죄

일전에 뉴스를 보았다. 제주 특별자치도교육청은 남편으로부터 '교장이 부인에게 부적절한 신체 접촉을 했다'는 내용의 진정서를 접수 받고 N 초등학교 교장을 직위 해제

했다고 밝혔다. N 초등학교 교장과 여교사는 함께 노래방에 갔던 것으로 알려졌다. 교장은 억울함을 호소하였지만 교육청 관계자는 일단 교장으로서의 도덕성이나 품위 유지가 안됐다고 판단해 직위해제했다고 말한다. 세상은 급하게 변화하고 있다. 우리의 애정생활과 가치관도 변화하고 있다. 노래방에 가서 노래 부르고 춤추는 것이 일상화되었지만 배우자가 문제를 삼으면 이렇듯 처벌이 되고 톱뉴스가 되는 우리 사회이다.

장안의 유명한 여자 무당이 있었다. 무당이 굿을 할 때면 남자 고수도 옆에서 장구를 치며 장단을 맞추었다. 어떨 때는 밤을 꼬박 새우기도 한다. 어느 날 혼자 사는 여자 무당이 굿을 끝내고 솟구쳐 오르는 욕정을 감당하지 못하고 젊은 고수와 성을 나누었다. 그 후 둘의 관계는 더 뜨거워져 갔다. 고수의 부인이 이 사실을 알고 증거를 잡아 간통죄로 고발했고 여자 무당은 감옥에 갔다. 여자 무당이 탄식하며 하는 말이 걸작이다. "내가 좋아서 내 것 쓰는데 이제 보니 내 것이 내 것이 아니고 나랏님의 것이었다."

간통죄에 대하여 오래 전부터 폐지론이 강력하게 주장되어 왔다. 폐지를 주장하는 사람들은, 기본적으로 개인간의 윤리적 문제에 속하는 간통죄는 세계적으로 폐지 추세에 있다는 것이다. 그리고 자신이 좋아서 하는 내밀한 성적 문제에 법이 개입함은 부적절하다는 것이다.

또 간통죄는 이혼을 앞두고 위자료를 받기 위한 수단, 또는 제비와 꽃뱀들의 협박으로 악용되는 경우가 많다. 그리고 형벌은 그 법이 존재함으로써 예방적 기능이나 억지 효과가 있어야 하는데 프리섹스 시대에 와서 거의 억지 효과가 없다는 것이다. 또한 현실적으로 간통죄는 수사나 재판 과정에서 대부분 고소가 취소되고 있는 형편이다.

가정이나 여성보호를 위한 실효성도 의문이라는 점이 지적되고 있다. 간통죄는 가정을 지킨다는 목적으로 만들어졌다. 그러나 간통사건도 그 밑바닥에 부부 사이에서 일어난 사적인 애정 문제가 놓여 있다. 부부간의 애정 문제를 간통죄라는 공적인 안전망으로 해결해 주기에는 한계가 있다.

간통죄 규정이 헌법에 위반된다는 주장에 대해 헌법재판소는, 간통죄를 규정하고 있는 형법 제241조는 헌법에 위배되는 것은 아니라고 판단했다(헌법재판소 2001. 10. 25. 2000헌바 60 전원재판부 결정). 사생활 자유에 대한 국가의 지나친 국가개입이라고 간통죄를 반대하는 재판관도 있었다.

헌법재판소는 선량한 성도덕과 일부일처주의 혼인제도의 유지 및 가족생활의 보장을 위하여나 부부간의 성적 성실의무의 수호를 위하여 간통행위를 규제하는 것은 불가피하다고 판단한 것이다. 아직까지 간통죄의 규정이 실정법으로 존재하고 있어 고소를 당하면 징역을 갈 위험이 있다.

간통죄는 배우자 있는 사람이 다른 사람과 혼외의 성교 관계를 갖는 것, 혼외정사를 말한다. 즉 남자의 성기가 여자의 성기에 접합하였을 때 간통죄는 성립하고 처벌대상이 되는 것이다. 따라서 애무만 하였거나 키스를 하는 행위는 간통죄의 처벌대상이 되지 않는다.

남녀 사이에 은밀하게 이루어지는 성교 행위는 그 입증이 쉽지 않다. 그래서 러브호텔에서 함께 있는 것이 발각되어도 껴안고 잠만 잤다는 변명만으로 간통죄의 처벌을 빠져나갈 수 있다. 심지어 오랄섹스(oral sex)만 했다고 자백을 해도 간통죄에 해당되지 않는다. 간통죄는 폐지 주장과는 별도로 갈수록 형사처벌이 쉽지 않게 되고 있다. 간통을 하였지만 가정생활의 충실도가 법적 처벌의 잣대가 된다. 설사 간통죄가 입증되어도 징역이 아닌 집행유예 판결이 많아지고 있다. 그러나 가정을 파괴시키는 죄질이 나쁜 간통은 즉각 실형을 살게 된다. 이것이 간통죄의 실상이다.

성매매금지법

우리 사회는 급격한 변화를 겪고 있다. 월드컵 길거리 응원전에서 보여지는 개성적인 복장과 응원 모습은 세계 속에 우뚝 솟은 한국의 위상을 실감하게 한다. 물질적인 풍요와 민주화라는 정치적 자유를 누리고 있다. 또한 성의 자유와 여성들의 사회적 지위도 향상되고 있다.

물질적 풍요와 성적 자극이 강해지는 요즈음 여성들의 초경도 덩달아 빨라지고 있다. 어떤 소녀들은 초등학교 4학년부터 시작하는데, 생명의 잣대로 보았을 때 생명의 잉태가 가능한 성인이 되었음을 의미한다. 예전의 농경사회에서는 초경이 시작되면 혼인이 바로 이루어졌다.

농경사회에서 생물학적 성인은 농사로 경제활동을 하는 사회학적 성인을 의미하였다. 그러나 현대 사회는 그로부터 10년 이상의 오랜 기간이 지나서야 경제적으로 돈을 버는 사회학적 독립이 가능하게 된다. 갈수록 사회가 문명화되고 선진화되면서 이러한 격차는 점점 더 커지고 있다.

잉태가 가능한 생물학적 성인에서 사회학적 성인이 되기까지 너무도 긴 시간이 가로 놓여 있다. 지식과 기술을 습득하기 위한 교육기간이 다른 동물에 비해 무척 길다. 요즘은 취직난으로 일자리가 더 귀한 실정이다. 30살 후로까지 결혼이 늦춰지고 있는 이유이기도 하다.

결혼이 이루어지지 않으면 아무래도 생명의 잉태가 어렵고, 저출산으로 심각한 사회문제가 야기되고 있다. 새로운 생명의 탄생은 우리 사회의 안정적 지속을 위하여 필요하다. 생명의 잉태를 위한 본능적인 성도 우리 사회에 필요하다.

사회는 빠르게 변하고 우리 삶의 형태도 변하고 있다. 프리섹스라는 시대의 추세에 따라 성의 표현도 자유롭게 변화하고 있다. 살아있기 때문에 솟아나오는 성적인 욕구는 사회 속으로 아름답게 투영되어야 한다. 이제 육체적 순결의 상실은 자아정체성의 문제이지 어두운 족쇄가 아니다. 프리섹스 시대에 남녀는 결혼을 하지 않더라도 쾌락을 추구하기 위한 성에 집착한다. 여고생들도 펠라치오(구강성교)가 무엇인지 알고, 심지어 남자친구를 성적으로 만족시키기 위한 상담을 하고 있는 실정이다.

대담한 에로티즘을 추구하는 그 끝은 과연 어디일지 어지럽기만 하다. 현실적인 상황과 사회가 요구하는 윤리 사이의 틈새를 우리는 허위와 방황으로 메우고 있다. 이러한 시대에 순결이라는 윤리적 가치만을 강조하여 본능적인 흐름을 막기에는 역부족이라고 보여진다.

갈수록 번창하는 성매매나 성범죄도 큰 사회문제이다. 성매매에서 인신매매나 임금착취로 여성의 인권이 유린되고 있는 실정도 심각하다. 사실 성매매는 필요악이다. 아직 결혼하지 않는 남성에게 연애와 같은 자유합의로만은 성이 충족되지 않는 것이 엄연한 현실이다.

성이 혼란한 사회에 성을 팔고 사는 일을 죄악이라고 주장하는 사람에게 도덕적 우월성을 인정하는 것도 너무 안

일한 사고이다. 성적 방탕을 단순히 성매매금지법같은 법으로 해결할 수 있다고 하는 것도 비현실적이다. 실제 우리 삶에 있어서 성매매를 법적으로 금지시킨다고 해서 성적 방탕이 해결되지는 않는다. 매춘산업은 더욱 더 은밀히 번창하고 있다. 본능인 성을 윤리적인 단순한 흑백논리로 풀어가서는 안될 것이다. 개인과 개인 간에 일어나는 사적인 접촉이다. 획일적인 공권력의 굴레를 씌워 억제한다면 이중구속의 정신착란 상태로 빠져 들어갈 수 있다.

성매매금지법같은 공권력을 이용한 사회적 순결에 대한 강조보다 나의 성적 충족을 어떤 방법으로 해결할지 고민하는 주체적 선택이 더 중요한 시대이다. 성매매도 사회유지에 필요한 고전적인 직업이다. 성매매금지법보다는 종사하는 여성들의 임금착취나 인권유린에 대한 법적인 보호가 더 절실히 요구된다.

냉철한 불륜

조그마한 식당에서 가정주부들이 맥주를 마시며 수런수런 이야기를 나눈다. 어느 집 여자가 반신불수의 남편과 어린 자식들을 버리고 도망갔다고 흥분한다. 아파트와 가게도 은행에 저당 잡히고 거액의 돈을 챙겨 도망을 갔다고 한다.

뜨거운 탈출의 시작은 우연에서 시작되었다. 상가번영회에서 단체로 제주도 여행을 갔다. 거기서 남녀의 만남은 이루어졌다. 상대 남자는 이웃 가게 아줌마의 동거남이었다. 사실 여자들을 등쳐먹고 사는 제비이다. 세련된 매너와 춤으로 그녀를 유혹하였다고 한다. 그녀의 남편은 몇 년 전 교통사고로 인한 하반신 마비로 부부생활에 만족을 줄 수 없었다. 열등감에서 비롯된 남편의 의처증은 그녀를 항상 괴롭혔다. 조그마한 가게를 하며 생활을 책임지고 있는 그녀에게 하루하루의 삶은 힘들기만 하였다.

모든 것을 포기하고 살기에 그녀의 가슴속 욕망은 뜨거

왔다. 성에 허기져 있는 그녀에게 접근해서 온갖 정성으로 유혹하는 제비에게 힘없이 무너져갔다. 육체의 향연은 그녀가 끊을 수 없는 마약이 되어갔다. 이성의 가면과 윤리적인 억눌림 속에서도 그녀는 성적 쾌락을 포기하지 못하였다.

그러나 사랑이라고 빠져들어 간 것이 사실 그녀의 돈을 노린 흉악한 범죄였다는 것을 뒤늦게야 알게 된 것이다. 제비는 덫에 걸려든 먹잇감을 능숙하게 조종해 갔다. 제비가 원한 것은 결코 사랑이 아니었다. 그녀가 가지고 있는 돈이었다. 그녀에게 멀리 도망가서 행복하게 살자고 꼬드겼고, 비극적 결과는 쉽게 예측할 수 있다. 여자의 돈을 다 탕진하면 그 제비는 멀리 떠날 것이다.

그녀의 순간적인 일탈은 많은 대가를 치르고 있다. 자신은 물론 자식들의 장래도 불행하게 만드는 비참함이다. 제비의 잔혹한 범죄가 가정을 깨트리고 착한 아들마저 불량

소년이 되게 만들었다. 불륜에도 냉철한 판단력이 요구된다. '하룻밤의 정사'를 하더라도 가정의 행복을 지켜가는 것이 지혜로운 행동이다. 사회 도처에서 독버섯처럼 암약하는 제비들의 범죄, 꽃뱀들의 미인계에 빠져들지 않아야 한다. 가슴 설레는 사랑으로 착각하고 이성이 마비되는 것이 문제이다.

아내들의 가출

"아내가 2년 전부터 다른 남자와 바람이 난 사실을 한 달 전에야 알았습니다. 성관계도 빈번하게 있었음을 고백하고 잘못했다며 용서해달라고 하더군요. 상대 남자는 일정한 직업이 없는 백수였습니다. 얼마 후 아내가 집을 나가 버렸습니다. 제가 폭력을 사용한 것도 아니고 생활 능력이 없는 것도 아닌데 어떻게 이런 일이 생겼는지 괴롭습니다."

아내의 가출을 호소하는 남자의 말이다. 가출은 한동안

사춘기 청소년들의 전유물로만 알려졌었다. 그러나 이제는 주부 가출이 청소년 가출에 육박하고 있다. 지난 한 해만 10만 명이 넘는 주부가 가출을 했다고 하니, 이런 추세는 올해도 예외가 아닐 것이다. 오히려 더욱 증가세를 보이고 있다.

이전엔 주부 가출의 주원인이 남편의 폭력이나 외도, 고부갈등 등이었다. 그러나 요즘은 경제적인 문제가 가출의 가장 큰 원인이다. 경제적으로 무능한 남편을 참지 못하거나 자신의 빚 때문에 도망가는 30대 여성의 비율이 높아지고 있다. 주부들이 생활비를 벌기 위하여 시작한 사업이 실패하여 빚을 졌을 때 또는 인터넷 채팅 등을 통해 남자를 잘못 만나거나 낭비벽으로 인해 카드빚을 지고 가출하는 경우 등이다. 채권자들에게 시달리고 가족에게 미안하여 혼자 훌쩍 가출해 버리는 경우가 많다고 한다.

요즈음은 남성들의 안정적인 직업이 많이 줄어들고 있다. 한번 직장에서 해고되면 가정 경제는 타격을 입게 된다. 결국 주부로 있던 아내들이 생활전선에 나서게 된다.
부부의 경제권이 바뀌어지면서 갈등의 씨앗이 만들어진다.

사회활동을 하는 여성은 귀가시간이 점점 늦어지고 많은
경우 남성들은 아내의 늦은 귀가를 달갑지 않게 여긴다. 또
한 여성들이 사회생활을 하다 보면 남편 이외의 다른 남성
들을 만날 기회가 늘어나게 된다. 무능력한 자신의 남편에
비하여 모든 것이 월등하게 보이는 남자들을 만나다보면
어느새 외도로까지 이어지게 된다.

여성이 경제적으로 자립한 경우 무능력한 남편이 폭력까
지 행사한다면 대부분의 경우 가출을 한다. 일반적으로 남
자의 일탈은 가출로 이어지는 경우가 적다. 하지만 주부의
일탈은 가출로 이어지고, 이혼으로 치닫는 경우가 많아 더
욱 큰 사회문제가 된다. 가출을 한 여성들은 대개 이혼을
요구하며 가정으로 들어오지 않고 버틴다. 남성들은 '용서
할 테니 들어오라' 며 이혼을 해주지 않는다. 불륜으로 가출

한 여성이 가정으로 돌아와 재결합하여도 부부생활은 순탄하지 않다. 마음의 앙금은 더 쌓여간다. 가정생활 밖에서 맛본 쾌락의 세상은 마약처럼 끊기가 힘들어진다.

남자는 불륜의 사랑을 나누며 자신을 연약하고 의존적인 사람으로 만들어가는 경우가 많다. 무의식적으로 어머니의 평안한 자궁으로 회귀하는 것이다. 반면, 여자는 불륜의 사랑을 통하여 가부장적 질서의 억압에서 풀려나와 자신을 자유로운 존재로 만들고 싶어 한다. 그 자유를 위하여 죽음마저도 각오하는 강인함이다. 불륜이 발각됐을 때 여자들은 바람을 피운 남자에게로 간다. 여자의 불륜은 정신적 감정에 깊이 의지한다. 여성에게 불리한 가부장적 사회에서 여자들은 비장한 각오로 불륜의 사랑에 빠져든다. 바람난 남자는 본처에게 돌아올 확률이 높지만, 바람난 여자는 가출하여 '나의 행복을 찾겠다' 며 독립선언할 확률이 높다.

요즘같은 경제적 불안이 심한 시기일수록 가정의 해체가

잦다. 여성들의 가출과 가정 파괴는 당연한 수순이다. 가정의 행복은 사랑이라는 사적인 관계에서 뿐만 아니라 사회, 정치, 경제적 안정이 선행될 때 지켜지는 것이다.

이혼의 환상

최근 이혼이 많아지고 있다. 예전과 달리 부부가 서로 이해하고 참고 살아가는 모습도 찾아보기 힘들다. 경제적인 자립을 이룬 여성들의 권리도 향상되고 있다. '2005년 혼인·이혼통계'에 따르면, 작년 한 해 동안 12만 8468쌍의 부부가 이혼했다. 하루 평균 352쌍. 이들 중 49.2%가 성격 차이 때문에 헤어졌다고 한다. 경제문제가 14.9%로 그 뒤를 이었다. 가족불화 9.5%, 배우자 부정 7.6%, 정신적·육체적 학대 4.4% 순이다. 이중 64%가 여성이 먼저 이혼을 요구하고 있다. 성의 자유라는 흐름에 따라 쉽게 결혼하고 또 쉽게 헤어지고 있다. 판사 앞에서 이혼의 자유의사를 밝힌 지 불과 5분만에 타인으로 돌아서서 나간다. 이러한 합의 이혼이 급증하고 있다고 한다.

흔히 뜨거운 사랑에 빠져들 때는 차가운 현실이 무시되어진다. 그러나 결혼 후 출산의 고통과 생활의 수고가 힘겹게 요구되는 것을 알지 않으면 안된다. 결혼생활은 언제나 힘들고 환상은 금세 깨어진다. 젊은 세대일수록 부부간의 갈등을 해결하기 위하여 이혼이라는 방법을 쉽게 선택하고 헤어진다.

이혼을 선택하고 자유를 쟁취하지만 넘쳐나는 자유를 안고서 정작 닻을 내릴 항구를 찾지 못한 채 끝없이 표류한다. 가족이라는 소중한 가치를 파괴하고 얻은 자유이다. 자기 자신을 행복하게 해줄 다른 가치를 찾지 못하면 끝없이 방황한다. 물질적인 풍요나 찰나적인 쾌락으로도 이것을 대체할 수 없다.

이혼을 한 사람들은 불안하고 초조하게 된다. 서로 의지할 파트너가 없어진다면 얼마나 불안한 일이겠는가? 경제적인 상황도 악화된다. 아직도 현실에서는 이혼녀들을 은근히 무시하는 경향마저 있다. 그러다보면 피해의식이 강해지고 사람들을 기피하게 된다. 앞으로 다른 사람을 만나 다시 시작해야 한다는 사실도 두렵기만 하다. 사람을 선뜻 믿지도 못한다. 한번 잘못 끼워진 단추는 또 다시 잘못 끼워질 가능성이 높다. 그래서 이혼한 사람은 재혼 삼혼을 하다가 망가지는 경우가 적지 않다.

그렇기 때문에 이혼을 결심할 때는 신중하게 해야 한다. 심사숙고하지 않고 감정적으로 곧바로 이혼을 결심하는 건 경솔하다. 조금만 참고 이해하면 충분히 가정을 유지할 수 있다. 서로가 배타적인 자세를 갖다보니 이혼이라는 파경으로 치닫는 것이다.

다른 사람들의 이혼 후 생활도 살펴보고, 정말 배우자의 잘못이 용서할 수 없는 것인지, 또는 자신의 잘못이 무엇인지 되돌아볼 일이다. 곰곰이 생각해보고 나서 이혼을 위한

절차에 들어가는 것이 어떨까 하는 고민에서 이혼숙려제도
가 생겨났다.

전통적 가치관이 붕괴되고 이제 결혼과 이혼에 대한 인
식 변화는 피해갈 수 없는 대세이다. 개인주의 확산 등에
따라 이혼하는 커플들은 더욱 늘어나게 되어 있다. 누구라
도 그러한 파경을 맞을 수 있다는 인식도 널리 퍼져 있다.
요즘은 이혼에 대응하는 자세를 결혼 준비 과정에서부터
하게 된다.
이에 따라 신세대 예비 부부 사이에서는 결혼 전에 미리
부부의 재산배분을 계약하거나 공동 명의로 관리하는 등
경제적인 평등을 꾀하는 경우가 부쩍 늘고 있다. 요즘 사회
문제로 대두되고 있는 출산율 저하도 이혼에 대한 두려움
과 무관하지 않다.

이혼은 부모의 이기심

　대부분의 사람들은 이혼할 때 자녀들에게 미안해 한다. 그러면서도 배우자에 대한 미움 때문에 도저히 함께 살 수가 없다고 한다. 고민 속에 이혼을 결정하였지만 그 후유증은 크기만 하다. 불만족스러운 결혼생활에서 벗어나고자 이혼을 택한 자신을 위한 변명도 있을 수 있다. 그러나 그 변명의 밑바닥에는 자신의 행복을 먼저 생각하는 강한 이기심이 숨쉬고 있다. 나의 행복을 위하여 자식의 행복은 희생되어도 좋다고 하는 이기심을 부인하지 못하리라.

　부모의 이혼을 겪은 아이들에게는 씻을 수 없는 정신적인 상처가 새겨진다. 아이들은 엄마 품을 그리워한다. 상실감에서 비롯된 정신적인 상처는 아물어지기보다 더욱 무성하게 자라난다. 한쪽 부모가 없다는 열등감에서 헤어나오기 어렵다. 현실을 원망하고 뾰족한 탈출구가 없음에 절망하여 우울증이 심해진다. 열등감으로 대인관계도 떳떳하지 못하고 사회에 대한 피해망상증이 심해지기도 한다. 아픔

속에 보낸 세월이 흐르다보면 어린 가슴에 심어진 상처들은 매서운 앙갚음으로 사회에 표출되어지기도 한다.

자식들이 부모를 이해하고 용서할 수 있으리라는 것은 그들만의 궁색한 바람일 뿐이다. 부모들의 행복도 중요하지만 먼저 어린 자식들의 행복을 생각해야 한다. 이혼을 하더라도 특히 나이 어린 자녀에 대한 부모로서의 책임은 다해야 할 것이다.

이런저런 사유로 우리 사회엔 부모와 함께 살지 못하는 성장기 어린이가 늘어가는 추세다. 자녀 입장에서는 일방적으로 주어지는 불행한 상황이다. 하지만 이런 상황에서도 그나마 서로의 끈을 놓지 않는 것이 필요하다. 아이들에게 진실하게 이야기하여야 한다. 함께 있고 싶지만 지금 그럴 수 있는 사정이 못됨을 솔직하게 이야기하고 이해를 구해야 한다. 전화 한 통, 한 번의 식사가 자녀 입장에서는 큰 버팀목이 된다.

인간이 아름다울 수 있는 건 사랑과 희생 때문이다. 소중한 것이 바쳐지지 않는 사랑은 공허한 염불일 뿐이다. 새로운 사랑을 찾아 떠났지만 혈육인 자식들은 결코 끊을 수 없는 인연이다. 부모로부터 받았던 은혜를 깊이 생각해 보고 자녀에 대한 양육책임을 다해야 할 것이다.

부부간의 사랑

사이가 별로 좋지 않은 부부가 어느 날 밤 술을 나누었다. 한잔 두잔 술에 취하여 마음의 응어리진 이야기까지 털어놓게 되었다. 그러다보니 상대편에 대한 여러 가지 불만들이 쏟아져 나왔다. 약간의 언쟁도 불사하며 가슴속 이야기들을 시원하게 털어내다보니 그간의 불필요한 오해들을 다 풀어낼 수 있었다. 그리고 그들은 그날 밤 뜨거운 사랑을 하였다. 앞으로도 부부간에 솔직하게 마음속에 있는 불만들을 말하는 습관을 갖자고 다짐했다. 그들은 결혼 생활에도 연습이 필요한 것 같다고 했다. 부부가 결혼생활을 행복하게 유지하기 위해서는 서로를 사랑하고 배려하는 기술을 배워야 한다.

갈등상황의 해결을 위해서는 서로간에 솔직한 대화가 필요하다. 아내에게 적극적인 관심을 보여주고 사랑을 자연스럽게 표현하여야 한다. 서로 원하는 것이 무엇인지, 어떤 의존욕구를 가지고 있는지 알아야 한다.

효과적인 부부 의사소통을 위해 몇 가지 원칙을 생각해 보자. 상대방의 이야기를 묵살하지 말고 경청하라. 상대방을 배려해 주어라. "그게 아니라" "왜?" 등의 부정적인 언어를 사용하지 말라. 칭찬과 감사의 표현을 자주 사용하라. 지나간 일을 들추어내어 함께 비난하지 말라.

이처럼 부부간의 사랑이나 sex도 쌍방향 커뮤니케이션이다. 함께 즐기고 만족을 얻어야 하는 만큼 함께 노력해야 하는 것이다. 따라서 남편의 노력도 중요하지만 아내 역시 따뜻하게 남편의 마음을 헤아려야 한다.

눈이 펑펑 내리는 어느 겨울에 본 일이다. 모임이 끝나고 거리로 나오는데 친한 후배가 인사를 한다. 부인도 반갑게 인사를 한다. 그들 부부의 술자리에 끼었다. 이미 술 두어 병이 비어 있었다. 눈이 오는 날 남편이 바람날까봐 남편을 납치하였다고 애교를 부리며 아내는 남편 사랑을 자랑한다. 그들은 눈 오는 날 밤을 위하여 호텔 스위트룸을 예약하였다고 하면서 팔짱을 끼고 눈 내리는 어둠속으로 행복하게 사라져 갔다.

혼란한 성

'왕의 남자' 라는 영화가 흥행에 성공하고 동성애가 일부에서는 이해되고 있는 분위기이다. 외국 영화에서나 봄직한 부부교환, 일명 스와핑도 점점 일상화되고 있다. 청소년들 사이에 성도착적인 정보를 연결하는 인터넷카페도 경찰에 적발되었다. 쾌락을 얻기 위한 성적인 욕구와 이를 억압하는 사회 속의 법률이 심각하게 충돌하고 있는 현실속에 우리는 살고 있다.

신문 사회면을 보면 여성들이 주체적으로 성을 즐긴 권리를 주장하고 호스트바, 나이트클럽을 드나드는데 망설임이 없다. 그래서 혹자들은 세상에 종말이라도 온 것처럼 걱정을 한다. 그러나 선과 악의 혼란 속에서 여태 사회가 유지되어 왔듯 앞으로도 조절되어갈 것을 믿는다. 우리들의 삶을 조절하는 '보이지 않는 조절자' 가 있기 때문이다. 아무리 과학이 발달하여도 인간들은 자연의 섭리에 따라 살아갈 수밖에 없다. 윤리로 인간의 본능을 억압하여도 어느 한순간 화산처럼 폭발하듯, 우리가 영원히 본능에 의지해서 살지만은 않도록 섭리가 작용하는 것이다.

우리는 여러 형태의 성이 놓여 있는 뷔페식당에 초대되

어 간다. 손에는 한 개의 접시가 주어진다. 대부분의 사람들은 한두 그릇 정도의 음식을 먹는다. 아무리 음식이 맛있어도 먹는 데는 한계가 있기 마련이다. 과식을 하게 되면 비만이 되고 성인병에 걸리게 된다. 이처럼 성도 음식처럼 무한정 향유되는 것만은 아니다. 원초적인 본능인 성욕도 제한이 따르게 된다. 성은 특히 많은 에너지를 요구하는 것이기에 거기에만 에너지를 모두 소진시킬 수는 없다.

성적 본능과 죽음의 본능은 밀접하게 짝지워져 있다. 그 합은 언제나 제로이다. 성적 본능을 지나치게 충족시킨 다음에는 언제나 무질서가 난무한다. 무질서는 검은 죽음의 가루들이다. 본능의 흐름에 따라야 하지만 차가운 이성의 억제하에 받아들여야 한다. 모든 것을 채우며 살 수 없는 인생이다. 살아있음은 고통의 연속이다. 그 고통 속에서 사랑을 하고 위로받는다.

태어나면서 우리에겐 한 장의 종이가 주어진다. 그 위에

나의 인생을 주제로 각자 그림을 그려간다. 어떠한 그림을
그려 나갈지는 본인의 자유이다. 인생이라는 종이에 성이
라는 빨강 색만을 그려 나갈 수는 없다. 여러 가지 색들이
조화를 이루어야 그림은 아름답다. 이렇듯 생명, 사랑, 쾌락
은 서로 함께 조화를 이룰 때라야 세상은 밝아지고 건강해
진다.

또 성(sexuality)의 목적은 단순히 생리적인 성욕을 충족
하는 것이 아니라 신체적, 심리적으로 편안함을 얻고자 하
는 생명의 요구이기도 하다. 성을 많이 향유한다고 행복한
것은 아니다. 적게 누린다고 불행한 것도 아니다. 각 개인
마다 취향이 다르다. 이러한 각 개인들의 이성적인 판단과
생물학적인 한계에 의하여 우리 사회는 유연성과 면역성을
확보하고 유지되어간다. 사회라는 테두리 속에서 뜨겁게
사랑하자. 그러면 자연은 스스로를 유지하기 위하여 조절
하는 지혜를 보여준다.

생의 탄생과 죽음 사이에서 과거에서 미래로 흐르는 삶

을 바라본다. 영원한 생명을 위하여 부어지는 조물주의 보이지 않는 노고를 조용히 느낀다. 내가 살아가야 할 이유는 영원에서 비롯된 사랑이다. 마지막 날까지 사랑을 안고 싶다.

성의 상품화

우리 사회에서 성(sex)에 관한 사항은 오랫동안 금기(taboo)시 되어 왔다. 특히 유교적 가부장제도의 영향 때문에 그러했는데, 최근 들어 양성평등과 프리섹스를 주장하는 실제적 성문화와 마찰음을 일으키며 바야흐로 성문화도 전환기에 서 있다. 성을 떠나 살 수 없는 우리 삶의 모습들이 혼돈의 와중에 들어와 있는 것이다. 외부적으로 사회는 윤리적인 삶을 강요한다. 그리고 모두 성을 이해하고 있다고 생각한다. 그러나 그러한 애매한 상식이 종종 실제 생활에선 갈등과 불화를 일으키고 있는 것이다.

이중 잣대에 의한 성 관념은 가치관을 혼란하게 만든다. 성에 대한 올바른 인식과 이해가 절실히 필요하다. 오죽하면 성범죄자들에 대한 전자 팔찌 착용 문제, 성희롱한 국회의원의 의원직 사퇴 문제, 재소자를 성폭행한 교도관의 성범죄가 이 시대의 뜨거운 사회문제로 되어 있겠는가.

또한 성을 소재로 한 음란물의 유포는 물론 청소년을 대상으로 한 성의 상품화도 급속히 진행되고 있다. 뿐만 아니라 육체적 성(sex)만을 강조한 왜곡된 흐름이 인터넷 들을 통해 무차별 전파된다. 그 여파로 예쁜 여배우와 닮고 싶어 하는 여성들 사이에 성형수술의 열풍이 불고 있다. 인터넷에 실제 부인이나 애인의 알몸 사진과 함께 '합궁(부부간 성행위)' 사진을 버젓이 올린다. 그것도 몰래 카메라가 아니라 상대방의 동의를 얻어 직접 제작한 것이다. 음란물을 게재하면서 사이트 회원들의 다운로드 횟수에 따라 일정액의 '감상료'까지 챙기는 뻔뻔함도 놀랍다. 이런 사람들 중에는 대학교수, 현직 군수 아들, 법조계 인사, 영화감독과 시나리오 작가 등 중상류층 인사들이 대거 포함되었다 하니 가히 도덕 불감증이 어디까지 미치는 것인지 마음 갑갑한 노릇이다.

거기다 매매춘, 또는 준매매춘에 종사하는 여성의 숫자 역시 150만까지 추정하고 있다. 반대로 요즘은 여성들도 호스트바에서 돈을 주고 남자들을 사서 쾌락에 빠져 들어간다. 퇴폐마사지, 룸살롱 문화를 동남아에까지 수출하는 우리 사회 특유의 성문화는 그동안 성에 대한 유교적 전통을 생각해 볼 때 이해하기 힘들다. 오래 억압되었던 것에 대한 심리적 반동현상이라고 볼 수도 있겠다.

이제 우리 사회는 성의식에 대한 급격한 전환점에 서있다. 얼마전 막을 내린 MBC 연속극 '여우야 뭐하니'는 성의 노골적인 표현으로 잠시 장안의 화제가 되었다. 청순한 여주인공의 여우같은 이미지 변신도 화제였지만 그보다는 무려 9살 연하남과 사랑에 빠지는 파격이 사회적으로 이슈가 되었던 것이다.

우리 사회는 유교적 성적 억압을 넘어서서 프리섹스 시대로 들어서고 있다. 순천향대학교 산부인과 이임순(李任順) 교수에 의한 연구에 의하면, 국내에서 25세 이하 미혼 직장여성 40%가 주 1회 정기적인 성관계를 갖는 것으로 나타났다. 그 중 25%는 임신 경험이 있으며 모두 인공 유산한 것으로 조사됐다.

이 교수는 "여성의 성의식과 행동이 개방적인 것은 자연스러운 변화로 볼 수 있지만 성에 대한 올바른 지식과 피임 등 책임 있는 행동이 부족한 것으로 보인다"고 말했다. 미혼여성을 대상으로 한 성의식과 성생활을 조사하기는 이번이 처음이다. 피임의 발달과 처녀성에 대한 순결의식의 약화로 보수적이던 우리 사회에서도 여성들의 프리섹스가 확산되고 있음을 확인한 것이다. 여기에는 최근의 만혼(晚婚) 경향도 무시못할 원인이 되고 있다.

시대는 빠르게 변화하여 가고 있고 윤리적 잣대도 변화하고 있다. 몸이 커지면 입는 옷도 당연히 바뀌어야 하는 것이다. 순결교육과 유교적 가치관으로 성적충동을 억압하는 것만이 최선책은 아니다. 용솟음치며 올라오는 성적충동들은 시냇물처럼 유유히 흘러 나가야한다.

진정한 순결은 내부의 변화가 선행되어야 한다. 윤리적인 문제를 넘어 개개인의 영혼의 문제이다. 바람처럼 자유로운 영혼들이 숨을 쉬고 사랑을 나눈다. 그러므로 사랑 행위에 대한 억압보다는 자신의 사랑에 대하여 떳떳하게 책임을 지는 성숙함이 필요하다.

다양한 형태의 삶이 혼재하는 현대사회를 살아가는 우리들이 Sex의 표현과 충족에 있어 어떠한 방법을 택할 것인지 주체적인 선택을 하여야 한다. 성에 대한 각 개인의 자아정체성이 존중되어지고 있다. 동성애도 질병이 아닌 자신의 선택으로 받아들이고 있는 세계적 흐름을 무시할 수는 없다.

성적 욕구들이 자연스러운 만큼 타인에 피해를 주지 않는 선에서 자신의 취향에 따라 즐겁게 즐긴다. 자신의 성적 자유는 물론 남의 자유도 존중해주는 깊은 배려가 필요하다.

여성 자유연애주의자

얼마전 모방송국 성우극회에서 섹스 스캔들이 터졌다. 미혼 20대 여성 성우가 유부남을 비롯한 여러 명의 성우와 성관계를 맺은 것으로 조사되었다. 이 극회는 징계위원회를 열고 이 여성 성우와 관계를 가진 이혼남 B씨와 유부남 C씨 등 3명을 중징계 하였다고 한다.

이처럼 성적으로 자유 분망한 20대들의 행동에 사회가 놀라고 있다. 그러나 이러한 변화는 이미 시작되었다. 여성 잡지의 웰빙섹스 관련 기사들을 보면, 멀티파트너에 대하여 은근히 권유하고 있다. 여성 성우의 애정 행위에 대해 네티즌들은 사적인 일이므로 회사에서 징계할 수 없다고 주장하기도 한다. 외도는 전통적으로 남성의 것이었지만 오늘날엔 여성들도 못지않은 자유를 구가한다. 경제활동과 함께 여성들이 누리는 성적 자유는 점차 일상화가 되어가고 있다. 남성 우월적 가부장적 사회에 변화의 바람이 불고 있다.

최근 프리섹스 추세는 여자들도 예외가 아닌 것으로 드러났다. 맥스무비와 (주)미디어라인코리아가 공동으로 조사한 '2005년 한국판 킨제이 보고서'에 따르면 남성 84.6%가 배우자나 연인이 아닌 다른 사람과 섹스를 원하며, 여성도 45.3%가 이에 긍정적 반응을 보였다. 한국성과학연구소가 기혼여성 1,000명을 대상으로 설문조사한 결과도 '남편 이외의 남성과 성관계를 가질 수 있다'고 답한 기혼녀가 63%였다.

이러한 조사결과는 여자들도 성적 욕망에 눈을 떴고, 그의 실현에 적극적으로 나서고 있음을 보여 준다. 이제 여성들도 자신의 정체성을 찾고 그동안 억압되어온 욕망을 찾기 시작했다. 지금까지 성의 종속적인 대상이었던 여자들이 이제는 욕망의 주체로 남성에게 다가오고 있다.

남성 중심적 에로티시즘에 의문을 제기하면서 여성의 주체적 욕망에 기반한 페로티시즘(feroticism, female과 eroticism의 복합어)이란 새로운 개념이 나타나고 있다. 여성들의 성적 자유가 보장되면서 우리 사회가 물밑으로 요동치고 있다. 여성 자유연애주의자의 출현에 은근히 긴장하고 있는 것이다.

이미 이러한 변화는 오래 전부터 시작되었다. 남성들이 독점하고 있던 성의 영역에서 여성들이 독자적인 공간을 확보하고 있다. 법으로 단속을 하고 있지만 여성들이 즐기는 호스트바와 여성전용 마사지실이 여전히 호황을 누리고 있는 것만 봐도 그렇다. 또하나 보이지 않는 변화는 성인용

품점의 증가이다. 여러 가지 성인기구들이 여성들의 쾌락
을 위하여 팔려나가고 있다. 이러한 다양한 풍습들이 사회
적으로 묵인되고 있다는 것이 페로티시즘의 시작을 알리는
전주곡이 아닐까?

양귀비 수술의 허상

양귀비 수술은 의사들에게도 아직 낯선 용어이다. 얼핏
들으면 양귀비처럼 예뻐지는 성형수술로 오해하기 쉽다.
그러나 이 수술은 여성의 질 내부에 있는 G-spot에 부드러
운 실리콘을 삽입함으로써 두툼하게 튀어나오게 하여 성감
의 극대화를 이루고 상대 남성의 쾌감을 높이는 수술이다.

양귀비 수술은 1993년 12월 유흥업소에 종사하는 한 여
성의 요구에 의해 G-spot부위를 시술한 것이 최초라고 한
다. 환자가 시술 후에 동양의 절세미인이자 '사랑의 대명
사' 인 양귀비처럼 '남편의 사랑을 되찾게 되었다' 고 하여

양귀비 수술로 불러지게 되었다.

고대 중국에서는 황실의 시녀들이 황제에게 시중을 들 때 긴 명주실에 구슬들을 끼워서 여성의 질 속에 넣은 후 성교 시에 끈을 조금씩 당겨 성감의 극대화를 이루고자 했다고 한다. 여자에게는 성적 쾌감을 수용하는 클리토리스가 외부에 있다. 클리토리스를 애무하면 전기가 통하듯 찌릿찌릿해지고 흥분을 끌어 올리기 때문에 여성의 오르가즘 도착을 절반 이상 촉진할 수 있다. 질 내에서 성적 쾌감을 일으키는 G-spot은 질 안쪽 11시 방향 4-5cm에 위치한다.

여성 불감증 원인 중 심리적 요인을 제외하고 90%는 질 내 음경 삽입 후 오르가즘을 못 느끼는 경우이다. 이른바 G-spot이 발달하지 못했기 때문이라고 한다. 양귀비 수술로 폭발할 것 같은 강렬한 오르가즘을 느낄 수 있다고 시술하는 의사들은 효과를 장담한다. 그러나 불행히도 개인의 차이가 많이 있다. 오히려 양귀비 수술 후 불쾌감이나 통증을 호소하는 여자들도 있다. 더 큰 문제는 후유증이 발생하였을 때 치료방법이 어렵다는 것이다. 그래서 산부인과 전문의들은 경솔하게 양귀비 수술을 시술받지 말라고 충고한다.

이 수술이 최근 각광받는 것은 여성의 성적 권리가 신장되는 페로티시즘의 한 패턴으로 이해할 수 있다. 나이 차이가 많은 연하 남성과의 결혼이 전혀 이상하지 않고, 여성들의 호스트 바 출입이나 프리섹스가 자연스럽게 받아들여지는 여성상위 시대의 자연스러운 흐름으로 본다.

현실적으로 여자들이 양귀비 수술을 선호하는 이유 중에 '재혼을 준비하기 위하여' 가 40%를 차지하고 있다. 양귀비 수술을 하려는 이혼녀들의 경우, 이혼 사유의 70%가 전 배우자의 외도로 나타났다. 남편 외도로 인한 파경을 방지하기 위해서 양귀비 수술의 빈도가 높아지고 있는 실정이다.

일반적으로 양귀비 수술은 이쁜이 수술과 같이 시술한다. 결국 양귀비 수술도 이쁜이 수술처럼 우리들의 잘못된 성적 환상이 빚어낸 몸부림들이다. 성형수술의 돌풍은 얼굴에서 유방과 배로 그리고 여성들의 은밀한 부분까지 불어오고 있다.

배타적인 성적 소유권

결혼기간 동안 변치 않고 상대 한 사람과만 사랑을 나누어야 한다면 누구든지 권태라는 적과 끊임없이 싸워야 할 것이다. 아무리 잉꼬 같은 커플이라도 늘 같은 섹스를 반복하다 보면 질리게 된다. 그리고 점점 사랑도 식게 된다. 이것은 어쩔 수 없는 자연의 섭리이다.

이렇듯 숙명적인 권태를 극복하기 위한 묘안을 찾아 문제를 해결하고자 하면 부부간 사랑은 더욱 돈독해질 수 있을 것이다. 일상에서도 가끔 이벤트가 필요하듯이 섹스도 그렇다. 평소 생각에만 머물렀던 성적 환상을 실현해 보고자 하는 은밀한 노력도 좋다.

여성평등이 이루어지고 상호 성적 결정권이 보장되어진 선진국에서는 부부간의 애정을 중요시 한다. 섹스를 기피하면 애정이 식은 것으로 간주하고 당장 이혼을 하거나 다른 섹스 파트너를 찾아 떠난다. 서로에게 종속되어 있다는 나태함보다는 열린 관계에서 비롯된 긴장관계가 오히려 사랑의 최음제로 작용할 것 같다.

불륜을 저지르고 있는 남성과 여성들은 결혼과 동시에 꺼져버린 성의 불씨들을 되살리고 싶은 것이다. 여자가 살리고 싶어 하는 것은 자율이요, 남자에게는 친밀함이다. 역설적으로, 불륜은 결혼을 끝장낼 수도 있지만 애초에 그럴 의도가 아니었다면 이후의 결혼생활을 더 성숙한 내용으로 진일보하게 만들어줄 수도 있다.

만약 결혼이라는 제도 안에서 이런 일회성 바람들이 용인된다면 이혼으로 가는 파국들은 훨씬 줄어들 것이다. 어느 정도 개방적인 커플들은 경직된 일부일처제에서 벗어나 탄력적으로 유연하게 적용할 수 있는 부부관계를 바라고 있다. 부부간에 인격적으로 존중하면서 사랑을 나눈다면 더 자유롭고 신뢰적인 부부 관계가 되지 않을까?

물론 유연한 부부관계에 대한 반론도 만만치 않다. 사랑에 확실한 정답은 없기 때문이다. 서로에게 성적 자유를 허용하는 유연한 일부일처제가 전통적인 부부관계보다 더 효과적이라고 판단하기 어렵다. 서로 인정한 합의라지만 질투심에 휩싸여 부부관계가 제대로 유지될지도 의문이다. 현재 상황에서 확실한 것은 가부장적 일부일처제에 커다란 변화가 시작되고 있다는 점이다.

우리나라는 간통죄가 유지되고 있다. 일단 결혼하면 다른 사람을 사랑하는 것이 금지되고 성행위가 동반된 불륜의 사랑은 간통죄로 징역까지 가게 된다. 사회는 프리섹스 시대에 돌입하였지만 의식은 여전히 보수적이다.

그럼 가부장적 결혼제도 안에서 한 평생을 보내야 하는가? 많은 사람들은 윤리에 순응하여 결혼을 운명처럼 받아들이고 살아왔다. 그러나 가부장적 결혼제도의 문제는 점점 더 커지고 있다. 여기에 더해서 성에 대한 개방풍조, 여성의 사회진출, 산업화와 도시화에 따른 핵가족화 등의 사회 문화나 구조의 변화로 인해 외도가 늘어난다. 많은 사람들이 가정을 벗어나 사랑에 빠지게 된다.

가부장적 제도에서 여성에게 가해지는 무언의 억압은 철창 없는 감옥이다. 유교적 전통사회에서 현모양처의 미덕은 여성들에게 가정에 충실하도록 강요하였다. 그러나 요즈음 현모양처라는 미덕도 과하면 악덕으로 간주되고 있는 실정이다.

바람(?) 공화국의 남편들은 자신은 슬쩍 바람을 피우면서 일탈을 꿈꾸는 아내에게는 과도한 알레르기적 반응을 보였다. 한 번의 실수도 용서하지 못한다. 일부일처제라는 배타적인 성적 소유권을 강하게 행사한다. 불평등하고 경직되어진 일부일처제 때문에 불륜, 이혼과 주부가출이 늘어나고 있다. 설혹 아내의 외도를 남편이 용서하였다 해도 잠자리에서 아내의 불륜 장면이 떠올라 정상적 부부관계가 어렵다고 하다. 이렇게 되면 무늬만 부부로 살아갈 수밖에 없다.

드디어 한국 사회에서 일부일처제에 변화가 일어나고 있다. 더이상 전통적인 부부관계가 유지되기 힘들어진 것이다. 아내 쪽에서 새로운 사랑을 찾아 남편에게 이혼을 요구하고 자유를 얻어 밖으로 나간다.

일부일처제가 인간에게 절대적인 윤리는 아니라는 것을 알아가고 있다. 사회를 지키는 필요불가결한 제도라는 환상에 더 이상 빠지진 않게 되었다. 어차피 인간은 다른 멋

진 이성에게 빠져드는 유전자를 가지고 있으며, 종족의 번
성을 위하여 형질이 우수한 이성에게 빠지는 것은 조물주
의 섭리라는 것이 학자들의 주장이다.

열린 관계를 꿈꾸며

이렇듯 문화나 윤리는 외부의 상황에 빠르게 적응하고
변화한다. 인간은 어차피 자연의 일부이고 그 영향을 받는
생명체들이다. 여성들의 권리향상으로 양성평등의 시대가
되었다. IT시대의 도래로 직업이 다양해졌고, 맞벌이 부부
가 늘면서 가정생활에 있어서도 성 역할의 변화가 일어나
고 있다. Sex와 사랑에 있어서도 남성 우월적 지위가 무너
지고 가부장적 권위주의 역시 사라지고 있는 추세이다.

여성들 역시 자아에 눈을 뜨고 자신의 성적 주체성을 확
립하려고 노력한다. 남자와 동등하게 성적으로 즐길 수 있
는 권리를 주장함으로써 어느덧 페로티시즘의 시대가 오고

있는 중이다. 사회의 변화에 따라 윤리도 바뀌어가는 것은 순리이다. 따라서 남녀가 평생 정절을 서약하는 관계, 즉 '일부일처제'도 그 적용의 범위에 진화가 시작되고 있다. 부부만의 배타적 관계를 고수하는 '닫힌 관계'보다 어느 정도의 가벼운 일탈을 허용하는 '열린 관계'를 선호하는 신세대 커플이 늘고 있는 것이 그 반증이다.

변화하는 사회를 살아가는 새로운 커플들은 이렇게 함으로써 가정을 지키려는 발빠른 적응을 하고 있는 것이다. 가정도 유지하면서 자유연애를 꿈꾼다. 눈에 띄는 것은 늘어나는 혼전동거이다. 예전에는 결혼을 전제로 한 동거이지만 지금은 아무런 조건이 없다. 그저 남녀 서로에게 자율과 성적 선택권이 보장되어 있을 뿐이다.

이러한 젊은 층의 흐름들이 기혼의 부부에게까지 흘러오고 있다. 결혼생활에서도 자율과 성적 선택권을 서로 인정하는 것이다. 일부일처제라는 제도 밖에서 성관계를 허용하는 '열린 관계'이다. 보수적인 눈길로 바라볼 때는 불륜을 허용하는 방탕한 이상주의자들이다. 비록 그러한 일탈이 행복을 절대 보장하는 것도 아니고 위험성이 따른다 해도 포기할 수 없는 유혹이다.

스와핑이라는 부부교환 섹스도 수면 하에서 벌어지고 있다. 우리네 전통 사회윤리로는 도저히 받아들일 수 없지만 현실에서는 사실로 나타나고 있다. 이러한 변화는 부부간 관계에 유연성을 확보함과 아울러 순결이라는 절대 금기가 사라졌다는 뜻도 된다.

인간은 양면성을 갖는다. 일만 하는 로봇이 아니라 뜨거운 감성이 있다. 본능은 과학이 아무리 발달하여도 원초적으로 채워주어야 할 야성이다. 찬란한 불빛의 도시를 방황하는 구석기 수렵인들, 떠도는 유랑인이 현재 우리들의 모습이다.

일부일처제를 버리는 게 아니라 유연성 있는 적용이 필요하다. 획일적인 종속이 아니라 자유로운 선택이 우리를 이 답답한 회색빛 도시에서 살아 숨 쉬게 만든다. 가정 내에서 여성의 인격을 존중해주고 성적 결정권을 서로 인정해야 한다. 이러한 협상은 자연스러운 시대의 요구이다. 자유롭다고 난잡한 프리섹스를 허락하는 것은 결코 아니다. 성적 결정권이 있다고 하더라도 자신의 인생관에 따라 맞는 성적 대상을 찾으라는 것이다.

자유와 물질이 풍족하지만 더 중요한 것은 사랑이다. 사람들은 늘 사랑에 목말라 하면서 또 사랑의 불연속성에 허탈해 한다. 사랑을 채우기 위한 몸부림으로 일탈과 이혼이 반복되는 현실에서 우리 아이들을 바르게 키울 수 있으려면 믿음의 터전 위에서 사랑을 키워나가는 수밖에 없다. 육체적인 속박을 벗어나 서로의 영혼을 사랑하며 정신적 교감을 나누는 것이 우선이다.

새로운 삶을 위한 신의 선물

장미여,

오, 순수한 모순이여

수많은 눈꺼풀 아래

그 누구의 잠도 아닌 기꺼움이여

- 릴케 묘비명에서 -

하나씩 떨어져 나간 장미꽃잎의 한가운데는 아무것도 없는 공허이다. 방황의 끝에는 아무것도 남아 있지 않다. 그렇다고 덧없음도 아니다. 영원한 침묵이다. 그 침묵은 뜨거운 고통을 이겨낸 자만이 들을 수 있는 신이 불러주는 사랑의 노랫소리이다. 사랑은 손으로 잡아지지 않고 손가락 사이로 허무하게 빠져 나가는 모래들이다. 아름다운 영토를 찾아 피곤에 지친 나비는 이즈러진 날개를 파닥거린다. 불행했던 덫에서 표연히 벗어난다.

한없이 넓은 바다 위를 청무우 밭인 줄로 알았던 어리석음에서 벗어난다. 절망으로 마음이 산산이 부서진 후에야 비로소 새로운 시야가 열린다. 모든 고통으로부터 자유롭다. 그녀의 외로운 영혼이 평안한 안식을 얻는다. 이제 이 자유 안에서 더 이상 커다란 슬픔은 보이지 않는다. 나비는 이제 자유롭게 멀리멀리 날아갈 수 있다. 일상생활에서 마주치는 작은 행복들이 더없이 소중하게 느껴진다. 피어나는 들꽃처럼 소박하고 진실한 것이 영원한 기쁨이다.

나비가 내려앉았던 자리가 눈부시게 빛을 뿌린다. 사랑이 남기고 간 낙엽 부스러기 같은 아픔밖엔 아무것도 없는 자리이다. 지난 아픔들이 부서져 거름으로 돌아가고 연초록빛 사랑들이 피어난다. 긴 방황 끝에 화려한 희망이 숨죽여 싹트고 있다. 희망은 절망이 변신하여 날아오는 흰나비이다. 흰나비들이 여린 날개를 펴고 날아오른다. 애틋한 사랑이 나에게 다가와 아름다운 홀로서기를 가능하게 한다.

나도 흰나비가 되어 날아간다. 내가 이 순간 살아 숨쉬고 있다는 사실은 벅찬 감동이다. 무의식에서 솟구치는 분노에서 나를 놓으니 이토록 가벼워지는 것을……. 그래 사랑은 용서였다.